JENNY ERPENBECK

Dinge, die verschwinden

 PENGUIN VERLAG

I

Palast der Republik

Als der Palast der Republik eröffnet wurde, war ich in der dritten Klasse. Meine Klassenlehrerin hieß Fräulein Kies, und Fräulein Kies hielt einen bedruckten Briefumschlag in die Höhe, auf dem der neue Palast zu sehen war, und erklärte uns, was Ersttagsbriefe sind. Damals fiel mir noch nicht auf, daß das Wort Ersttagsbriefe nicht nur die gleiche Silbenanzahl, sondern auch ähnliche Vokale besitzt wie das Wort Eintagsfliege. Fräulein Kies sagte uns, daß jetzt jeder von uns einen solchen Ersttagsbrief erhielte, daß wir ihn gut aufheben sollten, denn später einmal würden wir stolz darauf sein, daß wir dabei waren, als der neue Palast eröffnet wurde. Nach der Überreichung der Ersttagsbriefe durch Fräulein Kies unternahm unsere Klasse einen Ausflug in den neueröffneten Palast des Volkes.

Damals wollte ich noch Archäologie studieren, um Paläste auszugraben, deshalb gefielen mir die verschiedenen Arten von Marmor unten bei den Garderoben. Oben in der Bildergalerie war alles mit Teppichen ausgelegt. Ganz oben, unter der Decke, hingen die Lampen, die aussahen wie lauter Luftblasen, so daß man sich vorstellen konnte, man sei unter Wasser. Diese Lampen hatte der Betrieb organisiert, in dem meine Tante Sigrid arbeitete. Dieser Betrieb war auch für die Bestecke im Palastcafé zuständig gewesen, also für die Löffel, mit denen ich im weiteren Verlaufe meines Lebens erst den Kakao, später den Kaffee umrührte, und für die Messer und Gabeln in der Weinstube, mit denen ich, wenn mich mein erster Freund zum Essen ausführte, ins Eisbein schnitt oder ins Schnitzel Hawaii. Im Palast der Republik klemmte ich mir beim Bowling den Finger zwischen zwei Kugeln ein, beschloß im Theater, 4. OG, nach dem Klavierkonzert einer berühmten Pianistin, Pianistin zu werden, rückte in der Weinstube mit Blick auf die Spree an den schweren, schmiedeeisernen Stühlen, um mich bequem zu setzen.

Als sich viele Jahre später abzeichnete, daß dem Palast die Republik allmählich abhanden kam, ließ ich zur Sicherheit einen der Löffel, mit denen meine Tante das Café ausgestattet hatte, in meiner Hosentasche verschwinden. Vor drei Tagen nun konnte ich, als ich dort vorbeifuhr, schon durch den Palast hindurchsehen. Womöglich aus statischen Gründen hat man mit dem Abriß in der Mitte begonnen, so daß die Teile, die noch aus etwas sind, den mittleren Teil einrahmen, der im Prinzip nur noch aus Luft ist. Mir fiel Fräulein Kies wieder ein, und ich fragte mich, ob sie sich heutzutage wohl Frau nennen dürfte, auch wenn noch immer kein Mann sie geheiratet hat.

II

Sperrmüll

Von dem Moment an, da der Besitzer eines alten Schranks / Fernsehers / Fahrrades das Ding über die Rampe kippt, von dem Moment an, wo es »drin« ist, wie das auf den Höfen der Berliner Stadtreinigung genannt wird, gehört es nicht mehr ihm, sondern geht in den Besitz dieses Unternehmens über. Einzig zu diesem Zweck besitzt die Berliner Stadtreinigung das Ding: Um die Stadt von ihm zu reinigen, es angemessen zu vernichten. In dem Moment, da von den privaten Besitzern der Besitz aufgegeben wird, heißt das Ding nur noch das Material, aus dem es gemacht ist. Holz zu Holz, Metall zu Metall und so weiter – unter diesen Namen reißt die Stadt das alte Zeug an sich, verschlingt es, mitsamt Funktion und Gebrauchswert, den es vielleicht noch hat, mitsamt Mehrwert und Geschichte, die es womöglich gehabt hat, denn erst, wenn das Alte ganz und gar verschwunden ist, kauft sich ein Bewohner dieser Stadt, ein Kunde auf dem Markt das Neue.

Hieße das Fahrrad da drüben nicht schon Metall, würde es sicher noch fahren. *Aber mit sowat fangen wa ja gar nicht erst an, dann jäbs ja 'ne Schlange von hier bis nach Kreuzberg,* sagen die Männer, die die Container verschließen und abtransportieren. Früher einmal stellte man seinen alten Schrank auf die Straße, der war dann nach spätestens einer Nacht weg. Schlangen aus Mangel gabs im Krieg und später im Osten, aber dort sollen sie auch bleiben, in den historischen Büchern, auf den schwarzweißen Fotos, in Zeitzeugenberichten. Im Westen gabs immer Bananen, und dabei soll es auch bleiben. *Wir wolln och nur unsre Arbeit machen,* sagen die Männer. *Und wenn hier lauter Müllsucher, ick nenn et mal so, herumkrabbeln würden, käme ja keener mehr ran, der wat rin schmeißen will.* Nicht einmal die Männer selbst dürfen etwas, das »drin« ist, wieder heraussortieren. Und wenn, sagen wir mal, ein unersetzlicher Biedermeierschrank bei Ihnen landet? *Dann och nich.* Wenn ich also in den Container steigen würde (im Müll herumkrabbeln), könnte ich ein solches verlorengegebenes Möbelstück zwar anfassen, aber, rein rechtlich gesehen, wäre es dennoch schon vollkommen verschwunden? *Jawoll.* Nicht einmal abkaufen dürfte ich Ihnen den Schrank? *Nee. Höchstens uff der menschlichen Ebene, also ick meine, menschlichet Versagen, det jibt et ja manchmal. Aber erlaubt isset nich.*

Was ich nicht frage, aber dennoch gern gewußt hätte, ist, ob die Schönheit eines solchen Schranks nach dem Zerhacken wieder herauskommt und zum Himmel auffliegt, so wie man es von den Seelen sagt, und ob das reine Holz dann ein paar Gramm leichter wäre als zuvor.

Vor dem städtischen Reinigungsunternehmen sitzen oft Menschen aus fernen Ländern, die Fernseher, Kühlschränke und Lautsprecherboxen entgegennehmen, bevor die ins Verschwinden hineingekippt werden. Ob es in deren Sprachen das Wort Biedermeier überhaupt gibt, und wenn ja, wie es lautet, habe ich leider noch nicht in Erfahrung gebracht. Meine letzte Hoffnung gilt jetzt dem sogenannten menschlichen Versagen.

III

Erinnerungen

An Abschiede erinnere ich mich. Wie schmal und weiß R. unter seinem Haarschopf aussah, als ich ihm das letzte Mal auf Wiedersehen sagte, und er mir zunickte, ohne den Kopf vom Kissen zu heben, nur, indem er die Augen kurz schloß; wie ich nicht noch einmal zu seinem Bett ging, sondern einfach die Tür hinter mir zumachte. Am nächsten Tag mußte ich seine Sachen aus dem Krankenhaus abholen, darunter den Rasierapparat, den ich am Tag zuvor für ihn aufgeladen hatte. Der Rasierapparat war aufgeladen, aber R. war tot.

Meine Großmutter stand, als ich von ihr fortging, an einem Fenster in einem dunklen Zimmer und winkte mir nach, erleuchtet wurde ihr Umriß nur von dem Licht, das hinter ihr im Flur brannte, in dem wir uns eben verabschiedet hatten. Zwei Tage später stürzte sie, und ich sah sie mit unbewegtem Gesicht und geschlossenen Augen im Krankenhaus wieder, wo sie im Koma lag und einige Zeit später starb.

Ich erinnere mich daran, wie R. nickte, nachdem er etwas begutachtet hatte, ein Auto, eine neue Wohnung, ich erinnere mich, wie er mitschnaufte, wenn in einem ungarischen Lokal Zigeunermusik gespielt wurde, ich erinnere mich an seine hochgezogenen Schultern, wenn er ein Tablett zurück in die Küche trug. Von meiner Großmutter weiß ich noch, wie sie »Achoj, achoj« sagte, wenn sie sich beeilte und nicht wußte, was zuerst tun, ich erinnere mich an ihre Hände mit den krummen Fingernägeln und an ihr Lachen. Beim Lachen allerdings weiß ich schon nicht mehr genau, ob ihr Mund dabei offen war oder zu, aber ich weiß immerhin, wie es sich angehört hat, und wie das Lachen im Lachen über sich selbst allmählich verebbte.

Es ist wenig, was ich mit meiner Erinnerung noch anfassen, sehen und hören kann. Das Denken von jemandem, den es nicht mehr gibt, läßt sich in mein Denken übersetzen, und das Tun desjenigen in mein Tun, aber der handgreifliche Teil der Erinnerungen wird wohl selbst früher oder später Stückwerk, wenn die Wirklichkeit nicht mehr nachwächst, wird Skelett, wird einzelne Knochen mit viel Erde dazwischen. In letzter Zeit sitze ich oft jemandem gegenüber, der noch vollkommen lebendig ist, und schaue ihn dennoch so an, als sei er schon verschwunden. Ich sortiere dann, halb hoffend, halb voller Scham, aus dem noch laufenden Film die Momentaufnahmen heraus, als könnte ich meine Erinnerungen im vorhinein auswendig lernen, damit sie später ganz sicher abrufbar wären. Auch was mich selbst angeht, habe ich schon darüber nachgedacht, ob mein Naseputzen irgend jemandem im Gedächtnis bleiben wird, oder die Art, wie ich im Fernsehen einem Boxkampf zusehe, oder meine Knie.

IV

Kindergarten

Vom Gelände des Kindergartens, in den mein Sohn bisher ging, wurde zunächst die eine Hälfte verkauft, und der Zaun deshalb nach hinten versetzt. Im verwaisten Sandkasten blieben nach der Umsetzung des Klettergerüsts die Betonbrocken vom Sockel liegen, und in einem Papierkorb, der bald bis über den Rand mit Erde und Müll gefüllt war, weil ihn nun niemand mehr leert, fand eine Mutter vor kurzem ein paar ziemlich gewaltige Zähne. Mit den Zähnen in der Hand stand sie da, als ich meinen Sohn abholen wollte, und fragte mich, ob sie jetzt zur Polizei gehen müsse und das melden. Ich sah die Zähne an und fand, daß sie zu groß seien für einen Menschen, und auch zu groß für einen Hund. Es schien mir möglich, daß in diesem Stadium des Verwilderns tiefere Schichten aus dem Gelände zutage gefördert werden und im Müll landen, also womöglich das Gebiß einer Kuh, oder das einer vorsintflutlichen, riesigen Echse.

Die nächste Mitteilung an uns Eltern betraf die von den Ämtern inzwischen beschlossene vollkommene Schließung des Kindergartens. Sicher, die Waschbecken wackeln, die Garderobenstange mit den Bildchen aus Zschkopauer Plaste, an die mein Sohn seine Jacke hängt, sieht genauso blaß aus wie die, an der schon mein rotes Lackmäntelchen hing, als ich noch Größe 104 trug, und der Heizkeller stand schon zweimal unter Wasser. Entkernung wäre notwendig und Grunderneuerung, hieß es, für mindestens eine halbe Million. Während wir nikken, sehen wir vor unserem inneren Auge alles, was, weil es zu teuer wäre, den Abriß des Bestehenden nötig macht: Waschbecken aus Lapislazuli, Mahagoniparkett, vierzig schwarze und vierzig weiße Sklaven und ebenso viele Eunuchen zur Bedienung der Kinder, und der Spielsand im Garten täglich frisch angeliefert aus der Wüste Gobi. Utopien führen wohl hin und wieder zum Verschwinden des Bestehenden, hier aber nun tritt der kuriose Fall ein, daß die Unausführbarkeit einer Utopie einen Abriß rechtfertigt. Uns Eltern gegenüber wurde das Gelände in bester Lage im Bezirk Mitte als Hubschrauberlandeplatz bezeichnet, und es ist nicht ganz klar, ob es sich dabei um einen Scherz gehandelt hat, um einen Fachbegriff oder tatsächlich um ein Bauvorhaben der Bundesregierung.

Zum Abschied von seinem alten Kindergarten küßt mein Sohn seinen Lieblingsbaum, eine ganz und gar mittelmäßige Föhre, auf ihre rauhe Rinde. Daß diese Föhre, auch ein Apfelbaum und ein paar Büsche bei noch laufendem Betrieb gefällt werden müßten, damit es beim Abriß dann keine Verzögerung gibt, wurde uns auch mitgeteilt. Von der Kindergärtnerin meines Sohnes, die unter den gegebenen Umständen wohl in Frührente gehen wird, haben wir zumindest eines fürs Leben gelernt: Jeder ißt, so viel er kann, / nur nicht seinen Nebenmann. / Und, wir wissen ganz genau: / Auch nicht seine Nebenfrau. / Hat er sie dann doch gegessen – / Zähneputzen nicht vergessen!

V

Miezel

Auf dem Weg zu Maria, genannt Miezel, muß ich durch den Graben fahren, erst hinab bis zur tiefsten und kältesten Stelle des Weges, dort macht die Straße eine scharfe Kurve, in der man im Winter leicht ins Rutschen gerät, und dann auf der anderen Seite des Grabens wieder hinauf, am Kreuzwirt rechts ab, am Wald vorbei, den Miezel vor dreißig Jahren mit angepflanzt hat, auf der Wiese, die sich an den Wald anschließt, sind nachts oft Rehe zu sehen, die, geblendet vom Scheinwerferlicht, wie versteinert da stehen. Heute, im Sonnenschein, kommen mir dort zwei Gestalten entgegen: Eine dikke Mutter mit ihrer schon erwachsenen, ebenso dicken Tochter, die beiden halten sich an den Händen.

Der Weg zu Miezel ist sehr weit geworden, seit ich nach Berlin zurückgekehrt bin. Wie ein Halbmond gebeugt, nähert sich ihre Silhouette den Milchglasscheiben des Tors. Dann schließt Maria, genannt Miezel, mir auf. Seit ich sie kenne, ist sie immer dünner und gebrechlicher geworden. Ihre Haare aber sind nur an wenigen Stellen grau. Über dem Rock trägt sie eine Kittelschürze, und an den Füßen Pantoffel, wegen der Hühneraugen, »Weh«, sagt sie und lächelt, »immer weh!«, lächelt und schüttelt wie staunend den Kopf, ihre Füße sind knochig wie ihr ganzer Körper, an den Stellen, an denen sie irgendwo anstößt, färbt sich ihre Haut sofort blau von den dicht darunterliegenden Adern.

Miezel wohnt in dem Schloß, in dem sie ihr Leben lang als Magd in Dienst war, zu ebener Erde, gleich neben dem Eingang. Vor wenigen Jahren noch trug sie Koffer hinauf in den zweiten Stock. Sie hat für die Herrschaft geputzt, gekocht, sich um den Garten gekümmert. Sie schließt Gästen, Handwerkern, dem Rauchfangkehrer, dem Postboten das Tor auf. In ihrer Küche machen der Maurer und der Gärtner die Mittagspause. Miezel trinkt Himbeersirup mit Leitungswasser, sie kocht ihr Essen auf einer eisernen Kochstelle, und was im Haushalt übrig ist und für den Kompost nicht taugt, kommt ins Feuerloch. Miezel ist noch nie mit dem Flugzeug geflogen. Die drei Kilometer hinunter ins Dorf ging sie, als ihr noch nicht so oft schwindlig war, immer zu Fuß. Fahrradfahren hat sie nicht gelernt und auch noch nie eine Rolltreppe benutzt. Wenn die Hausherren nicht da sind, hütet sie das Schloß, und nur der Siebenschläfer, die Äskulapnatter und der rote Salamander leisten ihr dabei Gesellschaft. Das Haus, in dem sie geboren wurde, liegt zu Füßen des Schloßbergs, Miezel kann es von ihrem Fenster aus sehen.

Von den zwei Zimmern, die sie seit dreißig Jahren bewohnt, ist eines die gute Stube. Dort bewahrt sie kühl und schattig das Obst und den Kuchen auf, die Körbe und Bleche stehen auf einem riesigen, schwarzen Tisch mit gedrechselten Beinen, der irgendwann einmal irgend jemandem gehörte, der zuvor diese Räume bewohnte. Das andere Zimmer ist das, in dem Miezel schläft, in einem flachen Schrank hängen dort ihre Kleider und Schürzen, dort stehen auch der Fernseher und ein Sessel, dessen Bezug an den Stellen, an denen Miezel die Hände auf die Lehne legt, schon ganz blank ist. Sie bringt die Kaffeekanne herein, und ich sehe, daß so eine Kaffeekanne ein Gewicht hat.

Früher, als ich noch ihre Nachbarin war, trug sie, wenn sie mich besuchte, in ihren Händen immer einen Salatkopf oder zwei, drei Äpfel, ein paar Pilze oder einen Teller mit Kuchen. »Ein paar Buchteln«, sagte sie. Was sie brachte, hatte sie selbst angepflanzt, gekocht, gebakken oder im Wald gefunden. Später, als sie nicht mehr in den Wald gehen und auch nicht mehr im Garten arbeiten konnte, auch nicht mehr kochen oder backen, belegte sie mir Brote. Weißbrote mit Käse oder Salami, darauf Eierscheiben oder halbierte saure Gurken. Mit

ihren knochigen Händen rückte sie mir die Eierscheiben auf den belegten Broten zurecht, und wenn ich
nicht alles zu essen schaffte, mußte ich die restlichen
in Silberpapier gewickelt mitnehmen, für heute abend,
für morgen, und auch eine Packung Biskuits für mein
Kind.

Als ich heute bei ihr klingle, dauert es lange, bis das Tor
aufgemacht wird. Die Pflegerin kennt sich wohl mit den
Schlüsseln noch nicht so gut aus. Hoch oben im Himmel, weit über dem großen Kirschbaum, kreist ein Bus-
sard. Drinnen, in ihrer schattigen Küche, sitzt Miezel
am Tisch, die Pflegerin hat sie dorthin gesetzt und den
Stuhl dicht an den Tisch geschoben, damit sie sich auf-
recht halten kann. Miezel sitzt, aber sie ist so schwach,
daß es ihr nicht einmal gelingt, die Augen zu öffnen. Ich
blicke aus ihrem Fenster hinaus. Durch die kahlen Bäume sehe ich bis zu dem Haus hin, in dem ihre Mutter
Magd war und ihr Vater Knecht. Miezel sitzt ohne jede
Bewegung. Deshalb kann ich sie, als ich fortgehe, nur
von der Seite umarmen.

VI

Krempel

Natürlich ist es schön, wenn das Auge sich ausruhen kann, wenn der Blick sich nicht in Nippes verheddert, wenn die Schubladen sich lautlos öffnen lassen und wie von Geisterhand wieder schließen. Es ist schön, freie Tische zu haben, auf die kein Staub fällt, nur Licht. Es ist schön, wenn alles aus Glas ist, und man durch alles hindurchsehen kann, weil nichts mehr da ist. Die Leere ist schön. Wer kauft nicht gern, wenn der Verkäufer eine einsame Hose auf einen von unten beleuchteten Tresen aus Milchglas legt. Dann ist diese Hose das letzte Ding auf der Welt, das Schatten wirft, und der bläulich schimmernde Tresen erweist sich als ein Altar, der von Berlin bis nach Wien führt, und von Wien bis nach Tokio und von Tokio bis nach New York, von New York vielleicht in den Himmel oder die Hölle, und sich dabei, den Blicken entschwindend, fortwährend verjüngt.

›Deutsch-Ostafrika‹ ist auf meinem ausgebeulten, staubigen Globus zu lesen. Die Kanne mit den Punkten war die Milchkanne meiner Urgroßmutter, meine Urgroßmutter beherrschte die Kunst, eine Kartoffel in einem Stück abzuschälen. Aus einer grauen Militärdecke hat meine Großmutter im Krieg den Teddy für meine Mutter genäht. In dem Döschen aus Messing hat mein Onkel Streichhölzer mit bunten Schwefelköpfen für mich zum Spielen aufbewahrt, die gab es im Osten sonst nicht. Die Briefwaage auf meinem Schreibtisch gehörte einer verstorbenen Freundin, wenn ich auf den Tisch steige, um die Jalousie herunterzuziehen, schwankt sie leicht auf und ab. Das ganze Jahr über wartet ein vorzeitlicher Plattenspieler, der unter dem Klavier steht, auf Weihnachten, denn nur zu Weihnachten legen wir die metallenen Scheiben auf und kurbeln: Erst *Stille Nacht, heilige Nacht*, und zu fortgeschrittener Stunde dann *Oh, wie so trügerisch*.

Sie hätten es gern japanisch, sagen mir die Rheinländer, Bayern und Schwaben, die ich hier in Berlin kennenlerne, sie sagen, sie liebten die Leere. Nur keine Perserwohnung, sagen sie, und meinen damit die Perserteppiche aus ihren Erbschaften. Liegt es wirklich einfach nur daran, daß Deutsch-Ostafrika abgeschafft ist? Oder besaßen rheinische, bayrische oder schwäbische Urgroßmütter nicht das Geschick, die Kartoffeln in einem Stück abzuschälen, hoben rheinische, bayrische oder schwäbische Onkel nicht eine ganze Kindheit lang bunte Streichhölzer auf, besitzen Freundinnen in anderen Bundesländern das ewige Leben? Vielleicht sind die Rheinländer, Bayern und Schwaben einfach nur zu weit weg von zu Hause. Vielleicht wohnen an ihrer Statt die zurückgebliebenen Brüder und Schwestern in rheinischen, schwäbischen oder bayrischen Höhlen, die voller Krempel sind, so wie die meine, denn ich bin ja in Berlin daheim.

Aber nein, auch die Berliner haben es gern japanisch, das sehe ich deutlich: Sonntag für Sonntag ist vor meinem Fenster ein Flohmarkt, der Flohmarkt ist voll, voll mit Krempel, und voll mit Leuten, die den Krempel anschauen, aber nicht besitzen wollen. Die Leute spazieren und blättern in Fotoalben von Fremden, wiegen Schlüssel längst abgerissener Häuser in der Hand, riechen an frischgestärkten Tüchern aus jemand anderes Großmutters Zeiten: *Fühlst du dich müd und matt, so nimm ein kühles Bad!* Ihr Kopf hat sich, während sie erwachsen geworden sind, aus den Hinterlassenschaften der eigenen Familie langsam emporgehoben, Woll- und Stoffreste der Großmutter sind von ihnen abgeglitten und in die Kleidersammlung gerutscht, Teller und Tassen aus der Nachkriegszeit stapelweise beiseite gekippt und zerschellt, den papiernen Berg aus den Briefen des Vaters, den Mietverträgen der Mutter, den eigenen Mitschriften aus der Schulzeit haben sie, mit beiden Armen wie Ertrinkende nach Luft greifend, unter sich mit den Füßen zerknickt. Auf dem Flohmarkt spazieren sie dann

so dahin und kaufen vielleicht einen orangefarbenen Ei-
erbecher, um ihn zu verschenken. Vielleicht sogar ein
fremdes Tagebuch in Steno, das sie weder lesen können
noch lesen müssen. So viel gibt es heutzutage zu erben,
so viel Erinnerungen, kein Mensch hält das aus. So lange ist hier schon Frieden, daß billig ist, was es gibt, die
Leere aber bald unbezahlbar sein wird.

VII

Käse und Socken

Neulich habe ich einen Käse gekauft, ein besonders teures Stück Käse, am Kühlschrank stehend habe ich mir eine Scheibe davon abgeschnitten und sie hat mir sehr gut geschmeckt. Am Abend desselben Tages war das Stück Käse nicht mehr im Kühlschrank, auch in keinem anderen Schrank, nicht auf dem Tisch, nicht im Tiefkühlfach, ja nicht einmal in der Werkzeugkiste, in der Waschmaschine, beim Bettzeug oder auf dem Balkon. Und auch nicht im Herd. Es war und blieb tatsächlich verschwunden, und zwar so gründlich, daß es nicht einmal aus irgendeiner Ecke, die ich bei der Suche nach meinem Stück Käse etwa vergessen hätte, nach einiger Zeit zu stinken begann. Ich frage meine Mutter, die sich in meinem Haushalt gut auskennt: Hast du vielleicht den Käse gesehen? Sie sagt nein. Ich sage: Hast du ihn vielleicht weggeschmissen? Meine Mutter sagt nein.

Genauso erging es meinem Sohn mit dem Heftchen, das zum Vorlesen während seiner längeren Sitzungen griffbereit im Bad lag: *Das Überleben in Situationen, in die Sie vermutlich nie geraten werden*. Aufgeführt sind die Abwehr von Krokodil, Haifisch und Puma, das Hinüberklettern von einem Motorrad in ein Auto während der Fahrt, Hinweise für das richtige Verhalten bei einem sich nicht öffnenden Fallschirm u. ä. Viel Zeit haben wir mit dem Studium dieses Heftchens verbracht, so viel Zeit, daß ich mich bei der Seite mit dem Haifisch wirklich schon langweilte und lieber bei der Fahrt über einen gefrorenen See die Fensterscheiben herunterkurbelte, um beim Versinken den Wasserdruck auszugleichen – ein Kinderspiel, dann auf dem Grunde des Sees aus dem Auto zu steigen. Doch auf einmal ist das Heftchen verschwunden. Es findet sich nicht im Bücherregal und nicht im Papiermüll, es ist nicht hinter die Heizung gerutscht und auch nicht in den Korb mit der schmutzigen Wäsche. Ich frage meine Mutter: Hast du vielleicht unser gelbes Heftchen gesehen? Sie sagt nein.

Drittens verschwindet, aber das ist nichts Besonderes, von meinem Lieblingspaar Socken der eine. Ich habe gehört, daß es in der Wahrscheinlichkeitsrechnung ein Gesetz geben soll: Das Gesetz von den verschwindenden Socken, zur Untersuchung genau dieses Phänomens, griechisch für Erscheinung. Und damit bin ich bei meiner Hoffnung angelangt. Meiner Hoffnung, daß das Verschwinden von Dingen an einem Ort ihr Erscheinen an einem anderen notwendig zur Folge hat, daß es also eine Welt geben mag, in der sich mein Sock, gefüllt mit dem teuren Stück Käse, aus sehr großer Höhe von einer Brücke stürzt und den Sturz überlebt.

VIII

Freies Geleit

Als ich einzog, konnte man den parkähnlichen Innenhof meines Hauses auf verschlungenen Wegen durch Gebüsch, zwischen Bäumen und Blumen nach drei Himmelsrichtungen hin verlassen oder betreten. Kinder spielten in diesem Hof, den ganzen Nachmittag jagten sie sich, kreischten, riefen und sprangen, fremdländische Kinder, die im Winter noch mit Kniestrümpfen umherliefen, und von denen eins das andere auf dem Arm trug. Sommers feierten Großfamilien Grillfeste in diesem Hof, bis spät in die Nacht. Mein Fahrrad schob ich zu ebener Erde aus dem Anbau hinaus und verließ durch eine der drei Durchfahrten den Hof, in welche Himmelsrichtung auch immer. Die Mauer war ja gottlob gefallen.

Kurz nach meinem Einzug wurden die aus dem Anbau direkt in den Hof führenden Türen auf immer verschlossen, die Eigentümerin des Nachbarhauses verweigere uns das Wegerecht, hieß es, tatsächlich legte sie rings um unseren Anbau Beete an und pflanzte stachlige Sträucher. (Wegerecht?) Treppauf, treppab trug ich mein Fahrrad nun durch den Hausflur nach draußen. Immer noch konnte ich dann den Hof durchqueren, je nachdem, ob ich es eilig hatte, und in welche Himmelsrichtung ich unterwegs war. Die Mauer war ja gottlob gefallen.

Inzwischen ist das Haus, in dem die fremdländischen Kinder wohnten, saniert. Die Gegend heißt jetzt eine ›gute Gegend‹. Die Kinder sind fort. (Bleiberecht?) Der Durchgang zum Hof wurde verschlossen, draußen ein Klingelschild angebracht mit goldenen Knöpfen. Aber immer noch läßt sich zumindest der Weg zur Bernauer Straße, wo früher einmal die Mauer stand, quer über den Hof abkürzen. Gottlob.

Wenig später ist dieser zweite Durchgang gleichfalls verschlossen. Zweimal klettere ich über den Zaun, dann gebe ich auf. Der dritte und letzte Eingang zum Hof, gleich neben meinem Haus, läßt sich nicht verschließen, aber das ist auch gar nicht mehr nötig. Durch dieses Tor betritt man den Hof, wirft seinen Müll in die Tonne, und geht wieder hinaus. Grillfeste gibt es nicht mehr. (Würsterecht?) Neulich habe ich hinter den Mülltonnen, unweit des Pfades, der jetzt langsam zuwächst, weil er nirgendwohin mehr führt, eine hölzerne Palette im Gebüsch liegen sehen, die für jemanden, der sich in den Städten auskennt, eindeutig so aussah wie die Schlafstatt eines Menschen.

IX

Freundin

Ich lasse dich jetzt in der Kolumne verschwinden. So einfach ist das. Rein mit dir. Meine Freundin fragt, warum nur, ich sage, das frage ich dich, sie sagt, was soll denn sein, ich sage, ja, das wüßte ich auch gern. Rein, sage ich, den Deckel drauf, und Ruhe. Ruhe kehrt manchmal ein in Freundschaften, und da gibt es verschiedene Arten: Ruhe nach dem Sturm, Ruhe vor dem Sturm, oder einfach Ruhe. Irgendwie hat diese letzte Ruhe mit dem Verschwinden der Freundschaft zu tun, so viel ist sicher, vielleicht ist diese Ruhe auch gar keine Ruhe, sondern ein Schweigen, und vielleicht ist dieses Schweigen selbst der Grund für das Schweigen, und dann wäre das Verschwinden etwas Kreisförmiges.

Wenn ich mit dem Fahrrad fahre, fliegen mir manchmal kleine Insekten in den Mund oder in die Nase. Und ehe ich michs versehe, sind sie in meiner Kehle, und die Kehle schluckt sie hinunter, und ich kann nur noch versuchen, mir die Insekten nachträglich als Nahrung vorzustellen und es auf diese Weise in Ordnung zu finden, daß sie in meinem Inneren landen. Von so einer kleinen Fliege oder Mücke würde man durchaus sagen, daß sie in meinem Mund oder meiner Nase verschwunden sei, gleichzeitig ist sie aber noch da, nur eben nicht mehr sichtbar. Immer, wenn eine kleine Mücke oder Fliege in meinem Mund verschwindet und von meiner Kehle, ohne, daß ich es will, hinuntergeschluckt wird, frage ich mich, ob es schon Verschwinden heißt, wenn dem Blick etwas abhanden kommt, oder ob es gründlicherer Auflösung bedarf.

Die andere Frage, die sich mir ganz zwangsläufig bei jedem Verschwinden stellt, ist die, ob überhaupt etwas da war, und was. Bei einer Freundschaft zum Beispiel, die ja von vornherein etwas Unsichtbares ist, kann es sein, daß das Gemeinsame, dessen Verschwinden ich betrauere, ohnehin nur scheinbar da war, daß sich im Grunde nur zwei einsame Mengen von allem möglichen eine Zeitlang überschnitten haben, und nun wieder auseinanderdriften.

Die glücklichste Lesart ist die, daß die Freundschaft desto sicherer bewahrt ist, je gründlicher sie verschwindet. Daß das Schweigen genauso viel Platz einnimmt und verbindet wie alle gemeinsamen Spaziergänge, Gespräche, Einkäufe, Nachmittage auf Spielplätzen, Gläser Wein und Tassen Kaffee zusammengenommen. Daß die Antworten, die nicht gegeben wurden, mir durch ihr Ausbleiben bis in alle Ewigkeit treu bleiben. Daß das Verschwinden mir zwar, ohne daß ich es wollte, in den Leib gefahren ist, im nachhinein aber als Nahrung angesehen werden kann, so lange jedenfalls, bis ich satt bin.

X

Öfen und Kohle

Niemals einen Ofen abreißen, hat mir einmal jemand
gesagt, der mit siebzehn noch als Flakhelfer eingezo-
gen war und danach in polnischer Gefangenschaft saß.
Gasheizung ja, gut und schön, aber immer auch mindestens einen Ofen behalten in der Wohnung. Mag der
im Alltag immer kalt dastehen – aber trotzdem niemals
einen abreißen, denn man weiß nie, was kommt. Aus
eigener Kraft heizen muß ein Mensch immer können,
hat dieser Mann zu mir gesagt. Für alle Fälle. Alle Fälle wäre zum Beispiel ein mittelschwerer Krieg. Etwa
so einer, bei dem der Strom ausfiele, das Wasser, und
natürlich die zentrale Heizung. So ein mittelschwerer
Krieg, mit Erschütterungen, die, ehe man sich's versä-
he, in einem herrlichen Regen aus Splittern die Glas-
fronten der modernen Häuser hinabrauschen ließen,
und danach stünden alle Büros plötzlich im Freien,

unabhängig davon, ob Sommer wäre, Herbst oder Winter.

Wenn ich am Kohlenhandel bei mir um die Ecke vorübergehe, sehe ich, wie die tschechischen Kohlen die zerschlissenen Zentnersäcke ausbeulen. Meterhoch sind diese Säcke aufgestapelt, und daneben meterhoch die Briketts aus der Lausitz, viel Schwarz im engen Winkel zwischen zwei vom Krieg verschont gebliebenen Häusern. Auf dem Bürgersteig vor der Einfahrt steht, wenn er nichts zu stapeln oder auszuliefern hat, ein Träger mit schwärzlich verstaubtem Gesicht, er wartet auf Kundschaft, und während er wartet, schaut er den vorbeieilenden Grafikdesignern, den Marketingspezialisten und persönlichen Referenten nach, die aus ihren zentral beheizten Wohnungen in ihre zentral beheizten Büros unterwegs sind. Bei jedem Wetter steht er da, und manche von denen, die bei ihm zwar nichts kaufen, grüßen ihn dennoch, und er grüßt zurück. Die Briketts sind aus Schwarze Pumpe, sagt er. Kombinat Schwarze Pumpe: Kumpel, greif zur Feder, denke ich, und wundere mich, daß in Schwarze Pumpe überhaupt noch etwas hergestellt wird, der sozialistische Name jedenfalls ist hier im Viertel schon vor Jahren der Ironie zum Opfer gefallen und bezeichnet jetzt ein Café. Schütte ist billiger, auch von Marke Rekord, sagt der Kohlenträger. Schütte? Mein Sohn schaut vom Fahrrad hinunter auf die granitenen Platten des Gehwegs, sieht den schwarzen Matsch und fragt: Was ist das? Regen plus Kohle, sage ich. Kohle? Der Träger wartet auch im Regen auf Kundschaft, während der schwarze Staub auf seinem Gesicht sich allmählich in Schminke verwandelt, und es kann sein, daß es nicht mehr sehr lange dauert, bis das Warten sein Beruf genannt werden muß.

XI

Mitte von Nirgendwo

Es gibt eine Insel der Seligen, irgendwo im Osten Deutschlands, da erhebt sich ein Riesenrad über Rapsfelder, Kleie und Hafer, da schaukelt die Bootsschaukel, *merci, merci, merci*, weidet das Lama neben der Kuh, *für die Jahre, chérie, chérie, chérie*, da spielt der Fuchs aus dem Streichelzoo mit dem Mops des Chefs, kostet die Tasse Kaffee fünfzig Cent, Milchpulver gibt's dazu und Würfelzucker aus der Familienpackung. Wenn man einmal ins Paradies hineingelangt ist (1 Kind + 1 Erwachsener = 12 Euro), sind alle Fahrten umsonst, sogar die mit dem Autoscooter, so lange man will. Nur Schießen und Werfen kostet extra.

Das Eichhörnchen ist hier, seit es aus dem Nest gefallen ist, der Fuchswelpe, seit er sich mutterlos in einem Bauerngarten fand, die Affen sind Labortiere, die ausgedient haben, die Ziege sollte eingeschläfert werden, weil sie mit einer Hasenscharte auf die Welt kam. Früher waren der Chef und die Chefin fahrende Leute, jetzt haben sie außerhalb der großen Städte ein für allemal ihr Quartier aufgeschlagen, haben sich selbst aus ihrer fahrenden Existenz katapultiert, um im Nirgendwo anzukommen, wo die Standmiete bezahlbar ist. Der Mann aus dem Obdachlosenasyl, der hier manchmal aushilft, schläft, wenn es abends mal länger dauert, auf einer Liege im Kassenraum. Gelernt hat er Fleischer. *Meen Messerset hab ick bei Muttern jelassen.* Geschwister? *Der eene Bruder is jefallen, der andre in Australien, und ick bin der Rest hier.* Vom Vater gar keine Rede. Und die Mutter? *Umjezogen. Eenes Tages bin ick hinjekomm, da war keener mehr da.* Und Kinder? *Ja, eene Tochter. Die müßte jetzt zehn sein.* Vor vier Jahren hat er sie das letzte Mal gesehen. Und danach? *Die wächst jetzt bei meener Mutter uff.* Und die Mutter? Ach so. Ja. Das Meldeamt? *Bloß nich.* Und wenn eines Tages seine eigene Tochter plötzlich da stünde und Autoscooter fahren wollte? *Vielleicht kommt noch mal die Gelegenheit – dit wär't.* Würden Sie sie erkennen? *Ick würd se sicher erkennen. Sicher. Aber wahrscheinlich erkennt die Kleene mich nich mehr, ick hatte ja früher 'n Bart.* Und Ihre Mutter? *Die würde mich immer kennen.*

Der Mann, der jede Runde im Autoscooter mit einem langgezogenen Heulton startet, fährt selbst manchmal mit, wenn nur ein Kind da ist – damit das Kind jemanden hat, mit dem es zusammenstoßen kann, *sonst macht dit ja keenen Spaß.* Und wenn wir Riesenrad fahren wollen, und es ist sonst keiner da, setzt er sich als Gegengewicht in eine Gondel auf die andere Seite, *damit dit nich so schaukelt.* Mein Sohn schaut am höchsten Punkt über die Felder und sagt: Die ist ja echt groß, die Welt!

XII

Diebesgut

Die Grenze geht auf, und es beugen sich die aus dem Westen von den Ladeklappen ihrer LKWs hinunter zu denen aus dem Osten und beschenken ihre armen Schwestern und Brüder: Geschenkpapier gibt's zum bevorstehenden Weihnachtsfest umsonst, aus Wiedervereinigungsfreude. Aber da kommen sie schon, die bösen Schwestern aus dem Osten, die wohlerzogenen Mädchen, die daheim Klavierunterricht hatten und Fausts Schlußmonolog auswendig wissen, und stecken sich den Westen in ihre Taschen, schieben Sonnenbrillen von Schlecker in ihre Ärmel, und Musikkassetten zwischen die Knöpfe ihrer Jacken, binden sich unbezahlte Pullover um die Taille und laufen gar noch mit den fremden Sachen, während die an ihren Leibern langsam warm werden, im Laden herum. Also das ist doch unerhört, da kommen diese halbwüchsigen Mädchen, die nicht wissen, was Dankbarkeit ist (von den Russen offenbar völlig versaut), kommen daher und lassen Käse, Wurst und Kaffee, ja Sektflaschen und Schokolade in ihre Beutel hineinfallen, bezahlen vielleicht obenhin drei Brötchen, aber spazieren dann mit dem ganzen gestohlenen Rest, der unten baumelt, spazieren, ohne dabei wenigstens rot zu werden, aus der Kaufhalle hinaus, die seit neuestem Supermarkt heißt. Zu Hause üben sie das perspektivische Zeichnen, am Ku'damm aber setzen sie sich teure Pelzkappen auf und verlassen dann mit alabasternen Gesichtern das Geschäft. Früher mußten dieselben Mädchen im Morgengrauen in der Schlange stehen, um auch nur ein Exemplar der *Ästhetik des Widerstands* von Peter Weiss zu ergattern – jetzt, wo es alle Bücher zu kaufen gibt, fangen sie an zu stehlen! Die Fabriken im Osten so marode, daß die Leute sich freuen können, wenn irgendwer sie für 1 Mark kauft: Um sich teure Unterwäsche leisten zu können, muß eben erst einmal gearbeitet werden, gearbeitet, bis man alt und grau wird, bis man schwarz wird zur Not, nicht einfach den Büstenhalter vorn in den Bund hineinstopfen, solange man noch keinen Bauch hat, jetzt gibt es nichts mehr geschenkt, Weihnachten ist vorbei, aber die hören ja nicht, diese ungebärdigen jungen Dinger, die fahren glatt mit dem Rasenmäher aus dem Baumarkt hinaus, am Verkäufer vorbei und nicken dem noch freundlich zu, die klauen, wenn man nicht aufpaßt, den Westen in Grund und Boden. Anno 1990.

XIII

Männer

Einige Wochen lang hat es aus der mittleren Wohnung auf der zweiten Etage stark nach Katze gerochen, dann gestunken, treppauf, treppab standen schließlich im Hausflur die Fenster tagsüber und auch nachts weit offen, dann hat der Tierschutz, dem Hinweis einiger Nachbarn folgend, die Tür aufgebrochen und drei verrückt gewordene Katzen befreit, zwei weitere hatten den Wahnsinn schon hinter sich und waren tot. Die Männer vom Tierschutz tragen bei solchen Gelegenheiten vergitterte Helme, als wollten sie fechten, denn die verlassenen Tiere machen in ihrem Zorn keinen Unterschied zwischen den Menschen. Der Herr der Katzen, so hieß es, habe seine Tiere wahrscheinlich einfach vergessen.

In Wagners *Ring* reist der vergeßliche Held Siegfried, von der Tarnkappe ins luftige Unsichtbarkeitskleid gehüllt, geschwinde von Ehe zu Ehe, heute würde man ihn womöglich einen Heiratsschwindler nennen. Der Mann poltert schon treppabwärts, flieht über den Hof, da schreit die Frau ihm noch nach: »Verschwinde!«, als könne ausgerechnet dies Wort den Geliebten zum Bleiben bewegen. Daß das Verschwinden von einem Ort das Erscheinen an einem anderen zur Folge hat, ist kaum irgendwo schöner zu sehen als in dem Film *Ein Mann geht durch die Wand*, in dem der Finanzbeamte Buchsbaum (Heinz Rühmann) eines Tages feststellt, daß es ihm möglich ist, aus geschlossenen Räumen hinaus-, oder in geschlossene Räume hineinzutauchen, sich durch die Wände zu schieben wie durch Wasser. Im Grunde genommen verschwindet er aus seinem Leben als Steuerbeamter dritter Klasse und erscheint als übernatürliches Wesen wieder. Selten ist der mit dem Verschwinden und Erscheinen notwendig einhergehende Wechsel der Umstände oder des Aggregatzustands von Menschen und Dingen glimpflicher ausgegangen.

Drei Monate alt war das Kind einer Bekannten von mir, als ihr Mann sagte, er ginge. Dann ging er. Dreizehn Jahre später kam er wieder und freundete sich mit seiner Tochter an. Auch im Leben einer anderen Freundin gab es solche Phasen, in denen der Mond halb, ganz oder gar nicht zu beobachten war. Der Vater ihres Kindes hatte seinen Sohn zwar im vorhinein anerkannt, war aber nach der Geburt niemals erschienen. Als das Kind anderthalb war, stand er unverhofft vor der Tür. Einige Monate lang spielte er mit dem Sohn, unternahm Ausflüge und kaufte zu Weihnachten sogar einen Tannenbaum. Danach verschwand er genauso plötzlich, wie er gekommen war, und ward seither nicht wieder gesehen, das Kind ist jetzt sieben. Auf jeden Fall steht das Verschwinden in der Macht, die es ausübt, der Liebe sicher in nichts nach, aber erstaunlich bleibt es, daß Luft manchmal ebenso schwer wiegt wie etwas, das da ist.

XIV

Rückbau

Wir sind nur zu Gast auf Erden, das ist längst bekannt, aber bevor wir das Quartier insgesamt räumen, sind wir wie zur Vorübung immer wieder zu Gast: in fremden Wohnungen, Sommerhäusern, Hotels. Bevor wir das Quartier insgesamt räumen, und sowieso all unser Gepäck von uns abfällt, dürfen wir, was uns auf Erden gehört, mal hierhin, mal dorthin transportieren, wenn es uns Spaß macht. Irgendwann, wenn die Zeit abgelaufen ist, kann dann eine Frau kommen, oder ein Mann, oder ein Eigentümer, oder ein Wirt, und uns dazu auffordern zu verschwinden. Es kann auch sein, daß wir verschwinden, bevor wir dazu aufgefordert werden. Oder, daß wir ungern verschwinden und spät. Es kann schließlich auch so sein, daß wir fort sind, bevor überhaupt jemand bemerkt hat, daß wir da waren, daß also unser Verschwinden gar nicht bemerkt wird. Aber wo auch immer wir kürzere oder längere Zeit verweilen, machen wir zumindest eine Tür auf, treten ein, atmen, sitzen vielleicht auf einem Stuhl, essen von Tellern, trinken aus Gläsern, schlafen in Betten, legen womöglich Vorräte an, spielen Spiele, blättern in Büchern, verschieben beim Hinausgehen den Teppich um ein kleines Stück, drehen beim Abschließen den Schlüssel nur einmal, statt zweimal im Schloß, wie es der Hausherr sonst tut. Manche Dinge bringen wir mit, andere werden von unseren Handgriffen verrückt oder unser Geruch haftet an ihnen, aber jedenfalls sollen, wenn wir verschwinden, auch unsere Dinge verschwinden, sollen auch unsere Handgriffe aus den Dingen zurückgenommen werden und mit uns verschwinden, dann müssen wir aus Wohnungen, Häusern, Zimmern, die wir verlassen, alles Unsrige nachziehen wie ein Krake seine Tentakel aus einer unterseeischen Höhle.

Deswegen also stehe ich am Wochenende auf einer schwankenden Plattform im Geäst einer Eiche und schlage mit dem Hammer auf die Bretter eines Baumhauses ein, um sie zu lösen, deswegen drehe ich mit der Rohrzange die Haken für die Hängematte aus harzigen Stämmen, die Rohrzange bricht ab und fliegt mir um die Ohren, deswegen also lasse ich Luft aus Bällen, klappe Stühle und Tische zusammen, wickle Teller und Gläser in Zeitungspapier, deswegen also stopfe ich Jacken und Pullover in Koffer, Gummistiefel und Schlittschuhe in einen großen Sack, deswegen also grabe ich ganz am

Ende sogar meine Pfingstrose aus. Wenn man ein Hotel verläßt, sieht man oft die Türen schon verlassener Zimmer offenstehen, die geben den Blick frei auf zerwühlte Laken, leere Flaschen, zerknülltes Papier, Kippen und Asche. Jetzt sieht der geborgte Ort, an dem wir vier Sommer verbracht haben, nicht viel anders aus als so ein verlassenes Hotelzimmer. Als ich abfahre, passe ich kaum in das Auto hinein, weil so vieles an mir festgewachsen ist und mit mir verschwinden muß, wenn ich verschwinde.

XV

Das einfache Leben

Ein Plumpsklo hat den großen Vorteil, daß man niemals spülen muß, und es im Winter nicht einfriert. Weißt du, wie man das abpumpt? Also mein Vater hat früher Rindenmulch drübergeschaufelt, dann zersetzt sich das. Warum stellt ihr nicht ein chemisches Klo auf? Habt ihr denn keine Grube, versickert das oder nicht? Ist doch alles Natur. Also ich grab mir lieber ein Loch im Gebüsch. Aber wenn man, ich sags dir, Rindenmulch drüberschaufelt, dann stinkt das nicht einmal. Also gut. Da ist ja alles so dunkel. Hier, nimm die Taschenlampe mit. Nachher springt mich von unten was an. Blödsinn, da wohnt doch nichts. Das kann man nie wissen.

Wenn die Sonne auf den Schornstein scheint, hat meine Urgroßmutter gesagt, drückt die warme Luft irgendwie auf das Feuer, dann dauert es immer länger, bis es anbrennt. Hier ist noch so ein Hebel, aber ich weiß nicht, wozu der gut ist. Der sieht schon ganz durchgerostet aus. Also im Sommer, bei dreißig Grad, stelle ich mich sicher nicht in diese Küche und mache zwei Stunden Feuer, nur um Kartoffeln zu kochen. Es gibt doch elektrische Platten, einzelne oder Zweier, in jedem Baumarkt. Und gar nicht teuer. Das Essen schmeckt einfach besser, wenn man auf richtigem Feuer gekocht hat. Viel besser. Mir auch. Blödsinn, Hitze ist Hitze. Jetzt sind meine Hände ganz schwarz. Wo ist euer Bad?

Hier, der Wasserhahn in der Wand. Aha. Es ist doch ganz egal, ob man sich die Hände über einem Waschbecken wäscht oder über einem Eimer. Warum ist das Wasser im Eimer so schwarz? Weil ich vorhin den Rest aus der Kaffeekanne hineingeschüttet habe. Zähneputzen kann ich nur mit Warmwasser. Warmwasser steht im Topf auf dem Herd. So hat das meine Omi auch immer gemacht! Immer drei Töpfe! Und der Seifenschaum und die Zahnpasta? Die schütten wir aus. Wohin denn? In die Büsche. Das ist doch schädlich für die Umwelt. Ach was.

Wer wäscht ab? Hier, die zwei Schüsseln. Eine mit Spülmittel und eine mit Klarwasser. Warmwasser nehme ich aus den Töpfen? Genau. Und wo stell ich das Geschirr hin zum Trocknen? Ich trockne gleich ab, das Besteck rostet sonst und kriegt Flecken, das ist noch aus Eisen. Solingen. So. Das sind die schärfsten Messer, die

kann man noch schleifen. Aha. Wo schlafen wir eigent-
lich? Oben, ich stell gleich die Leiter ran. Und wenn es
Lärm gibt, dann sind das nur die Marder. Kann ich die
Taschenlampe mitnehmen? Oben gibt es elektrisches
Licht. Wirklich? Phantastisch.

XVI

Warschauer Ghetto

Auf den Hinterhöfen der ungefähr zwei Häuser, die vom Warschauer Ghetto noch stehen, haben die katholischen Bewohner Glaskästen angebracht für die Heilige Maria Muttergottes. Rings um die Jungfrau stinkt es aus offenen Fenstern nach Essen, Bier und Weichspüler, von zerbröckelnden Mauerecken her nach Katzen und Pisse, aus offenstehenden Kellertüren zieht es kühl und modrig. Die Jungfrau kann den Staub, der sie von meinem Blick trennt, nicht vom Glas wischen. Ein Kind kommt diagonal angaloppiert, verschwindet über eine ausgetretene Treppe im Dunkel des Quergebäudes, eine Frau stöckelt aus dem Torweg, ein Fernseher läuft. Die ungefähr zwei Häuser, die vom Warschauer Ghetto noch stehen, sind quer über den Hof mit Eisenstangen abgestützt, Netze und Bretter sollen herabfallende Steine auffangen, bodenlos ragen Balkons, Putz gibt es schon lange nicht mehr. Über sechzig Jahre stehen diese ungefähr zwei Häuser mit ihren nackten Ziegeln so da, irgendwann einmal müssen sie doch in sich zusammenfallen.

Dort, wo vor über sechzig Jahren der kleinere Teil des Ghettos war, wohne ich in einem neunstöckigen Hotel. Meinem Fenster gegenüber fahren drei gläserne Fahrstühle in einer gläsernen Röhre hinauf und hinunter. Dort, wo die Arier die arischen Pflastersteine aus der Straße gerissen haben, um sie über die drei Meter hohe Mauer auf die Juden zu werfen, sind die Löcher mit Asphalt ausgegossen, und von der arischen Straßenbahn, die unter der jüdischen Brücke hindurchfuhr, sind heute nur noch ein paar Schienenreste zu sehen. Viele der neuen Häuser, die nach dem Krieg auf dem Areal des Ghettos gebaut wurden, stehen auf den Trümmern und Fundamenten der von den Deutschen bis auf den Grund niedergebrannten alten Häuser, wohl deshalb gibt es zur Rechten und Linken des Gehsteigs oft erst einen kleinen Anschwung, der mit Rasen und Büschen bewachsen ist, die Gebäude selbst sind dann ein wenig höher gelegen. In der Milastraße 18, wo sich die letzten Kämpfer des Ghettoaufstands das Leben nahmen, wachsen Geranien auf dem Balkon, sind Gardinen weißgewaschen, zwitschern Vögel von einem Quittenbaum. Dort, wo der Historiker Emanuel Ringelblum aus der Kanalisation stieg, um sich auf der arischen Seite zu verstecken, ist ein schöner Park mit großen Kastanien. Große Bäume gibt es in Warschau nur da, wo das Ghetto nicht war. Und auf dem jüdischen Friedhof. Dort schiebt eine Frau einen Kinderwagen vor sich her, und als ich im Vorübergehen das Kind anschauen will, liegt im Wagen nur eine zusammengeknüllte weiße, wollene Decke.

XVII

Höflichkeit

Niemals habe ich zu den Frauen gehört, die es für unwürdig halten, wenn ihnen ein Herr in den Mantel hilft. Ich lasse mir sehr gern in den Mantel helfen, und es gab Zeiten in meinem Leben, da war ich sogar daran gewöhnt. Manchmal, ganz selten, gibt es jetzt noch diese kurze Verwirrung, wenn ich denke, will er etwa, und er denkt, weiß sie etwa, und er und ich am Mantel ziehen und uns hindrehen und herdrehen und zuwenden und abwenden und nicht genau wissen. Derlei Verwirrungen nehmen in letzter Zeit zu.

Kann ich heute noch davon ausgehen, daß ein Herr mir die Tür aufhält, oder daß eine Dame, der ich die Tür aufgehalten habe, sich bedankt? Daß nicht ich schuld bin, wenn jemand mich schubst? Stehen die Mütter mit Kinderwagen auch nachts noch zu Füßen oder zu

Häupten von Treppen und warten auf Hilfe? Bin ich ewig jung, wenn eine siebzehnjährige Verkäuferin mich duzt? Würden Sie mir helfen, diesen Tisch (massive Birke) ins Auto zu heben? Ich würde vorziehen, es nicht zu tun, antwortet der Bartleby von heute, ein Mann in der Blüte seiner Jahre, steigt in sein Auto und fährt an mir, die ich neben der massiven Birke auf dem Parkplatz zurückbleibe, vorüber. Ist die Haarspange, die hier auf der Erde liegt, vielleicht die Ihrer Tochter? Nee, isse nich. Sind es die ausbleibenden Dialoge, die andererseits dieses Schreien erzeugen? Daß, als mein Kind aus Versehen einen Mann mit dem Fahrrad streift, der Mann uns so anzuschreien beginnt, daß um den ganzen Platz herum die Leute aufmerken, sich vorsichtig nähern und hinter Büschen verschanzt beobachten, was uns geschieht? Daß, als eine Freundin ihren Hund ausführt und der einen Hundekollegen beschnüffeln will, dessen Herrchen zu schreien anfängt und sein Tier an der Leine fortreißt?

Als ich ein Kind war, gab es in der Schlange beim Bäcker immer ein paar alte Weiber, die den Krieg noch miterlebt hatten und wußten, wie schwer es ist zu überleben. Die drängelten sich vor, blickten nicht rechts, nicht links, sondern nur auf das Brot und waren mit ihrem Beharren beschäftigt. Heute gibt es die jungen Weiber, die wissen, wie schwer es ist, im Frieden zu überleben, die drängeln sich vor, blicken nicht rechts noch links, aber manchmal, ganz selten, wenn sie ihren Fehler bemerken, entschuldigen sie sich, und weil das deutsche Wort ›Entschuldigung‹ so selten benutzt wird, daß sie es vielleicht gar nicht mehr kennen, sagen sie: ›Sorry.‹

XVIII

Häuser

Also heute wird dit allet mit Bagger jemacht. Die Kugel is von jestern. Rückbau wird selektiv gemacht, Holz, Teppichboden, Rohre, all so'n Krempel holt man erst mal raus. Dit wird allet in Container verladen. Nur dit Glas schlägt man gleich vor Ort raus, dit kann im Haus bleiben, is ja auch mineralisch wie der übrige Schutt. Zum Beispiel 'n zweistöckiget Haus? Da würd ick 'n großen Kettenbagger nehmen. Mit Zange oder Greifer. Damit wird dit Haus Stück für Stück von oben nach unten abjetragen und gleich verladen, gleich uff'n LKW oder in'n Container. Erst den Dachstuhl und dann dit Mauerwerk, eben von oben nach unten. Die Dachbalken mit'm Sortiergreifer, der hat so 'ne Rille, daß der Putz unten durchfällt, und dann weiter mit'm Greifer oder 'm Löffel, dit is'n offnet Jerät, für dit Verladen des Materials oder zum Herausreißen von Fundamenten.

Sprengen? 'n Einfamilienhaus? Jenehmigt würden sie't vielleicht kriegen, wenn et frei steht, aber dit wär ja mit Kanonen uff Spatzen schießen. Außerdem is dit viel zu viel Arbeit, da legt man ja nicht eene Sprengladung einfach oben rin, da is viel Handarbeit nötig. Erst mal muß man ja bohren. Ick würde sagen, für so'n Haus unjefähr 200 Bohrungen. Und in die Löcher kommt dann die Ammongelitladung rin. Ammongelit, ja. Aber für so'n Haus würd ick 'n Bagger mit Hydraulikzylindern nehmen. Sprengen würde man heute zum Beispiel 'n hohen Schornstein – irjendwat, wo man von oben nich rankommt. Nach dem Krieg haben die ja keen Kran jehabt, da haben die sogar die Mietskasernen aus den Lücken rausjesprengt, zwischen den Brandmauern rausjesprengt, mein Vater zum Beispiel, früher dit waren echte Könner. Jaja, mit der Kugel haben sie't damals ooch noch jemacht, Bombe heißt die, Seilbagger mit Bombe. Die Zerstörung von unten, da fällt so'n Haus von oben nach unten zusammen. Tja. Wat weg is, is weg – dit kriegt man nich wieder. Wieviel so'n Haus wiegt? Die Tonnage? Na, den umbauten Raum durch 0 Komma 25 is etwa die feste Masse. Und die dann mal 2 Komma 2. Wegen der Dichte. Wasser hat ja die Dichte 1, und 'n Ziegelstein geht unter, is also schwerer, also Dichte 2 Komma 2 für Ziegelschutt. Da wären wir also unjefähr bei 500 Tonnen. Wat uff'n LKW kommt, is ja aber nich fest, sondern aufgelockerte Masse, dit nimmt man nich mal 2 Komma 2, sondern nur mal 1 Komma 3. Ja. Uff'n LKW passen 18 Kubikmeter, 2 bis 3 Fuhren

schafft der am Tag, dit wären also bei so eem Haus unjefähr 17 Fuhren. Zu den Bauschuttkippen im Umland,
jaja. Die werden irgendwann jeschlossen und abjedich-
tet, die wer'n dann wieder Landschaft.

XIX

Mütter

Auf dem Flughafen steht mein vierjähriger Sohn und weint nicht. Er schreit auch nicht, trampelt nicht mit den Füßen und beschimpft mich nicht. Er steht nur da und ist sehr still. Am Vorabend meiner Abreise hat er mir ein Triptychon aus Zetteln gebastelt, auf denen sein Name steht, am Morgen dann legt er ein glibbriges Herz, eigentlich ein Requisit zum Gruseln, auf ein Papier, und zieht mit rotem Kugelschreiber den Umriß nach. Aber weil das glibbrige Herz so aussieht wie ein echtes, und der Umriß deswegen wie ein Sofakissen, hat er, um sicher zu sein, daß ich verstehe, noch ein paar normale Herzen, wie sie sonst auf Bildern zu sehen sind, dazugezeichnet. In dem Moment, in dem wir die Wohnung verlassen, klebt er mir zuletzt schnell einen seiner Piratenaufkleber auf den Arm, der soll mir Glück bringen. Und jetzt steht er da und weint nicht.

»Für ein Kind sind zehn Tage eine lange Zeit«, sagen alle, aber alle wissen auch, daß es viel gefährlicher ist, von Berlin nach München mit dem Auto zu fahren, als in ein Flugzeug zu steigen. Dennoch habe ich mein Testament gemacht, bevor ich vor drei Jahren zum ersten Mal ohne mein Kind in ein Flugzeug gestiegen bin. Der Kleine weiß nicht, wie gefährlich eine Autofahrt von Berlin nach München ist, er weiß auch nicht, daß ihm, weil er ein Kind ist, die zehn Tage sehr lang vorkommen werden, und weiß schon gar nicht, was ein Testament ist, aber er weiß, daß er sich so gut verabschieden muß, daß es im Notfall auch für immer reichen würde – er sieht es an meinem Fortgehen, das genauso wirklich ist wie ein Fortgehen für immer. Ich stehe da, mit einem Piratenaufkleber auf dem Arm, neben meinem großen Koffer, kurz vor dem Check-in, und weine auch nicht.

379 Meilen sind es bis St. John, und 671 bis Corner Brook, 2716 Meilen liegen hinter, und 1413 vor uns. Mit 905 Kilometern pro Stunde fliegen wir durch die Luft, fliegen, wie man das nennt, mit der Sonne, genausogut könnte man sagen, wir stünden mit einer Geschwindigkeit von 905 Stundenkilometern in der Luft, und ließen nur die Erde sich so lange unter uns drehen, bis die Stadt, in die wir wollen, irgendwann da ist. Wenn ich aus dem Fenster sehe, sehe ich nichts als Wasser, und die Wellen sind winzige weiße Striche, die weder rollen noch sich brechen, noch irgendeine andere Bewegung machen. Offenbar bin ich zu weit weg, um auf Erden

noch irgend etwas zu erkennen. Wie Stein sieht von so hoch oben der Ozean aus, und die Stewardessen, das bemerke ich jetzt, sind viel älter als alle Stewardessen, die ich jemals vorher gesehen habe. Strenge Damen, die einem womöglich auf die Finger schlagen, wenn man den Kaffee verschüttet. Muß vielleicht nun auch ich, den Piratenaufkleber am Arm, auf ewig hier bleiben, in diesem Niemandsland hoch in den Lüften, weit über dem gefrorenen Wasser, muß vielleicht auch ich hier fliegend alt werden, so alt wie die Stewardessen und noch älter und immer älter?

XX

Tropfenfänger

Die Teppichstangen verschwanden aus den Hinterhöfen, als die Auslegeware und der Staubsauger erfunden wurden. Als die Perserteppiche weggebombt, das Geld für die Neuanschaffung nicht vorhanden war und die Männer, die sonst die zusammengerollten Teppiche nach unten getragen hatten, im Krieg gefallen waren.

Die Einrichtung, in die ich als junges Mädchen meine kaputten Feinstrumpfhosen brachte, genannt ›Laufmaschenexpreß‹, verschwand, als die Mauer fiel und der Westen seine billigen Feinstrümpfe auch im Osten anbieten konnte.

Die Tropfenfänger an den Tüllen der großen Kaffeekannen, die bei jedem deutschen Familientreffen auf der Tafel standen, verschwanden zu der Zeit, als die Kinder der letzten Kriegstage, sich endlich empörend gegen ihre Eltern, aufhörten, Familientreffen zu veranstalten, als sie stattdessen lieber nach Italien reisten und sich von dort Espressokannen mitbrachten.

Die Dinge verschwinden, wenn ihnen die Existenz-grundlage entzogen wird, so als hätten auch sie einen Hunger, der gestillt werden muß. Und auch wenn der Grund für ihr Verschwinden unendlich weit entfernt von den Dingen selbst ist, so weit entfernt wie beispiels-weise die Verbrechen der deutschen Wehrmacht vom viel zu dünnen, deutschen Kaffee, kredenzt in bauchi-gen Kannen, herabrinnen wollend im Zaum gehalten durch die Auffangvorrichtung, ein rundes Schaumstoff-röllchen an einem Gummi, der auf Höhe des Deckels mit Schmetterling, Puppe oder Perle verziert ist, durch das kleine Ding, das bis in die Mitte der siebziger Jahre des letzten Jahrhunderts weiße Tischdecken in Deutsch-land davor bewahrte, befleckt zu werden, selbst dann knüpft das Verschwinden – egal, wie weit die Sitte, die Erfindung, die Revolution, die zu seinem Verschwinden führt, von dem Ding selbst entfernt ist – ein Band, wie es nicht enger sein könnte. Der Berliner Maler Heinrich Zille hat zum Beispiel einmal gesagt, mit einer Woh-nung könne man einen Menschen genauso erschlagen wie mit einer Axt.

Im Müll landet also das Schaumstoffröllchen samt Zaumzeug aus Gummi, das heißt, die Deutschen sind inzwischen wieder reich genug, um sich einen Urlaub in Italien leisten zu können und haben, wenn sie heimkehren, Espressokannen in ihrem Gepäck. So wie in jedem noch so einfachen Ding alles an Wissen der Zeit enthalten ist, so wie alles, was man nicht anfassen kann, zum Beispiel in einer Twistrolle steckt: Ebenso ist immer, wenn ein Ding aus dem Alltag verschwindet, viel mehr verschwunden, als das Ding selbst – das dazugehörige Denken ist dann verschwunden, und das Fühlen, das, was sich gehört oder nicht gehört, das, wofür man Geld hat, und das, wofür man zu arm ist. Twist gibt's nich mehr! Ja, warum denn? Sie soll'n nich stopfen, sie soll'n kaufen!

XXI

Wörter

Heute endlich hüllt die Keusche sich in ihre schönste Robe, greift zum Diamantgeschmeide, tritt heraus aus dem Gemache und beehrt, also gewandet, heut höchstselbst die schnöde Gasse (im Treppenhaus vorbei an der HNO-Praxis von Frau Dr. Müller). Angesprengt kommt da alsbald der ersehnte kühne Recke auf dem feurigsten der Rappen (über die Kreuzung Schwedter / Ecke Kastanienallee). Gemach, gemach, hurtiger Mann! Schöne zu sich: Was ist er ergötzlich zu schauen, nimmermehr vermag ich den Blick von ihm zu wenden, ach, wenn er mich nur zu erhören geruhte! Doch still, jetzt richtet er den lauteren Strahl seiner Augen auf mich. (In der Grundschule klingelt es zur ersten Hofpause.) Der Reiter zügelt sein Pferd, er stammelt, er stockt, sein Blut gerät in Wallung, die anmutigste aller Jungfrauen senkt züchtig den Blick auf ihr Mieder, er schwingt sich vom

Roß, führt das edle Tier am Zügel beiseite (Fahrräder im Hausflur abstellen verboten), sodann naht er der Holden, neigt sein Haupt und grüßt sie, sie zaudert, da wird er kecker und preßt sie, ehe sie weiß, wie ihr geschieht, inbrünstig an sein Herz. Sie erbebt. Zu sich: Ja, bei Gott, der so sehnlich erwartete Tag, da der tapferste aller Streiter, der tugendhafteste aller Jünglinge mich endlich heimführen will, ist gekommen. (Gehn wir rauf zu dir und bestellen uns eine Pizza, oder willst du lieber Falafel?) Wohlan, sagt er, mich hungert, mich dürstet, gib mir das Geleit zur heimlichen Pforte, sie bedeutet ihm, ihr zu folgen (erst in den Hof, sie will schnell noch den Müll wegbringen), aber kaum sind sie den Blicken des gemeinen Pöbels entschwunden, nennt er sie eine feile Dirne, reißt ihr das Geschmeide vom Hals, fort mit dem Tand, sagt er und heimst ihn sich ein. (Sag mal, spinnst du?) Ach, nur wilder wird das Drängen des Vermeßnen. Schöne zu sich: Spät erst werd ich's gewahr: Dieser, den ich für eine Zierde seines Geschlechtes gehalten, ist ein gottloser Wicht, ein verworfener Lüstling, ein schändlicher Geselle! Welch eine Schmach! (Sag mal, hast du 'ne Meise?) Weiche von mir, falscher Teufel, ruft sie, packt in einem Wust von Haaren des Verruchten linkes Ohr, bittre Zähren strömen jetzt aus dessen Augen, schick dich drein, du Tor, erbarm dich, hehre Jungfrau, ich vergehe, auf die Knie!, ruft sie, Demut!, und da kniet der Held im Dreck hin, kniet da, wenn er nicht gestorben ist, noch heute. (Sie aber schmeißt seine Zähren, seine Inbrunst, ja den ganzen Verruchten samt Roß, noch dazu ihr eigenes Ergötzen, ihre Keuschheit, die Robe und noch einiges andere, an das sie sich schon jetzt nicht mehr erinnert, in die Tonne. (Und ab durch die Mitte.)

XXII

Geschenke

Es ist wahr, auf den Weihnachtsmärkten werde ich zwischen den immergleichen Duftlampen und selbstgedrehten Kerzen inmitten einer Menschenmenge vorwärtsgewälzt – wenn ich anhalten will, um etwas zu kaufen, beginnen Hunderte hinter mir zu pfeifen, damit der Stau sich wieder auflöst. Es ist wahr, die großen Fotos, die ich für den Fotokalender bestellt habe, kommen klein an, und in drei Arbeitstagen ab Neubestellung ist der Heilige Abend vorbei. Es ist wahr: Mein Vater fragt mich, was er meinem Mann schenken soll, und meine Mutter, was sie der Frau meines Vaters, und mein Mann, was er meiner Schwester schenken soll, und keiner von allen fragt mich, was er meinem Kind schenken soll, denn das wissen alle, und ich sage: Nur nicht so viele große Sachen, denn die passen nicht mehr ins Kinderzimmer hinein. In der Vorweihnachtszeit schwitze ich im Pelzmantel im Kopierladen, ich schleppe, ich verliere Mützen, ich bestelle, ich messe Bilderrahmen aus, ich bewerte sehr viele Buchverkäufer, ich will sogar wieder einmal stricken, finde aber meine Nadeln nicht, ich klebe und schneide, bin oft wach bis nachts um halb zwei, und das alles nur, weil meine goldene Regel lautet: Drei Geschenke (ob groß, ob klein) für jeden! Üppigkeit! Asymmetrie! Und: Gerechtigkeit! Jahr für Jahr dauert die Bescherung viel zu lange, muß das Kind eigentlich längst ins Bett, denke ich an den Unterschied zwischen Permutation und Kombination aus meinem Mathematikunterricht, denn eins von beiden hat auf jeden Fall mit der Länge unserer Bescherungsorgien zu tun: 7 Menschen, von denen jeder jedem 3 Geschenke schenkt, macht eben nicht nur 3 mal 7, sondern 7 mal 7 mal 3. Oder so. Und pro Auswickeln mindestens 3 Minuten, macht 441 Minuten Bescherung. Oder so. Neben meiner Mutter wächst der Stapel zusammengefalteter Geschenkpapiere, quillt der Korb, in dem die Bänder fürs nächste Jahr aufbewahrt werden, bald über, der vorzeitliche Plattenspieler, der mit einer Kurbel aufgezogen und alljährlich nur zur Weihnacht in Betrieb genommen wird, spielt längst schon nicht mehr *Stille Nacht, heilige Nacht*, sondern *Oh, wie so trügerisch* oder den Walzer aus der Operette *Der liebe Augustin*. Jedes Jahr wanken wir, vom Schenken und Beschenktwerden vollkommen erschöpft, von der Gans gemästet, vom Ausschlafen müde geworden, an den Weihnachtsfeiertagen durch die Straßen, um

Freunde zu besuchen, und die Freunde sagen dann: Also wir schenken uns seit vier Jahren nichts mehr, das ist viel ruhiger so. Oder so.

XXIII

Jahre

Irgendwann mitten in der Zeit knallt es dann, und das Jahr, das ein Jahr lang Gegenwart genannt wurde, verschwindet aus dieser Gegenwart und verwandelt sich von einer Sekunde auf die andere in Vergangenheit. In dieser Sekunde denke ich an die Sekunde vor einem Jahr, als das vorvorige Jahr sich in Vergangenheit verwandelt hat, und frage mich, was in einem Jahr sein wird, wenn die Menge an Zeit, die eben in das Gegenwartsfenster gerutscht ist und mit der Zahl 2008 benannt wird, wieder aus diesem Fenster heraus- und in das Zeitloch Silvester hineinfällt. Das Zeitliche hat er gesegnet, sagt man von einem, der gestorben ist, verschwunden ist er dann in das Jahr hinein, in dem er gestorben ist, das Jahr nimmt ihn mit, nimmt ihn weg, andererseits könnte man von einem anderen, der gerade geboren wird, nicht nur sagen, er sei da oder dort auf die Welt gekommen, sondern auch: er sei in dem oder jenem Jahr auf die Zeit gekommen, denn genauso wahr ist es, daß ihn dieses Jahr ablädt, in dem er erscheint.

Rückwärts und vorwärts denke ich in dieser Sekunde, in der sich die eine Zahl auftut und die andere schließt, rückwärts und vorwärts, als ließe sich ein Moment auf einen anderen beziehen, solange der Abstand zwischen ihnen, gemessen in Jahren, immer gleich bleibt, bei jeder Wiederkehr will ich an das luftige Netz glauben, an die schwebende Landschaft aus Zeit, deren Wege statt zwischen Häusern zwischen Geburts-, Hochzeits-, Todes- und anderen Jahrestagen verlaufen. Aber wenn ich dann, die Sektflasche schon im Anschlag, auf den Augenblick warte, in dem eine Kirchglocke tatsächlich zwölf schlägt, wenn ich das Radio einschalte, um das Zeitzeichen zu hören, oder, auf dem Balkon stehend, wie eine Blinde lausche, wann der Lärm ringsherum endlich losbricht, wenn ich auf diese eine Sekunde warte, in der ich durch die Zeit mit allen anderen Menschen verbunden wäre, dann weiß ich plötzlich wieder, wie wenig sich diese Sekunde in Wahrheit von allen anderen Sekunden eines Jahres unterscheidet, dann sieht das Netz aus Zeit plötzlich so klein aus, nicht größer als ein Taschentuch, dahinter und davor und daneben und darüber und darunter so viel Dunkelheit, und all das Knallen und Schreien, das quer durch die Zeitzonen fliegt, ist plötzlich nichts weiter als unser eigener Laut, mit dem wir den menschengemachten Augenblick an uns reißen, während wir uns unseres Fallens bewußt werden, wie in einer großen Welle, die über den Erdball hinwegstreicht, sinken sich deshalb sekundenlang Freunde und Fremde in die Arme, heulen jeder für sich, aber alle gemeinsam diejenigen auf, die allein geblieben sind, wandern gelbe, grüne, rote und silberne Lichter einmal rings um unseren Planeten, wird getrunken und getanzt und für eine Sekunde gemeinsam gehofft, daß die Ewigkeit etwas sein könnte, das ein Mensch zu bewohnen vermag.

XXIV

Leerstellen

In jeder Stadt gibt es ja Plätze, auf denen das Pflaster
Lücken hat, wo die Büsche stinken, wo Leute ihre alten Kleider hinschmeißen, Betrunkene leere Flaschen
zerschlagen, Styropor zerbricht, Blech zerdrückt wird,
Hunde pinkeln, Plakate von der Pappe gerissen werden.
In Berlin gab es seit 1945 besonders viele solcher Orte:
wüste Stätten, oft waren es Ecken, an denen nicht einmal ein Kiosk wuchs. Der Himmel über Berlin war immer sehr weit, eben weil unten auf der Berliner Erde
Bombenlücken der Weite des Himmels entsprachen.

Vor rund fünfundzwanzig Jahren sah ich von meinem
Kinderzimmer aus über einen Spielplatz hinweg, über
Baracken hinweg, über einen Lagerplatz für Baumate-
rial hinweg: bis auf eine kahle Brandmauer eines ein-
zelnen, stehengebliebenen Hauses kurz vor dem We-

sten. Zwischen mir und dem Sonnenuntergang lagen damals gut fünfhundert Meter, der Horizont war eine schwarze Linie hoch oben, er hatte Schornsteine und Antennen, und zur Straße hin fiel das Dach schräg ab. Auf die Entfernung sah das im Gegenlicht wie ein Scherenschnitt aus, und nirgendwo anders gab es, wenn die Sonne unterging, solche hochaufragenden, großstädtischen Scherenschnitte wie in Berlin.

Auf dem Mauerstreifen bei mir um die Ecke habe ich noch vor zwei Jahren einmal die Ziegen des Zirkus Aron wieder eingefangen, die aus der Tierschau entwichen waren, um auf dem Gelände zu grasen, gelegentlich habe ich dort auch Pferde eines Fuhrunternehmens weiden sehen, und von Zeit zu Zeit habe ich, wo früher der Grenzschutz patrouillierte, Wiesenblumen gepflückt.

In den fünfziger Jahren gab es einmal Pläne, die Friedrichstraße zu verbreitern, wohl deshalb hatte man die freien Flächen nicht wieder bebaut, Brunnen gab es stattdessen, an der Ecke Unter den Linden, und Blumenbeete.

Inzwischen ist das Sonnenuntergangspanorama meiner Kindheit längst von einem Hochhaus verstellt, das die Straße dunkel macht und den Blick nach Westen bis zur Unkenntlichkeit verkürzt. Inzwischen ist bei mir um die Ecke der Mauerstreifen stückweise abgezäunt: Auf einem Stück ist offensichtlich zur Bauvorbereitung ein Graben ausgehoben, am Grund des Grabens stehen die Kellerziegel der früheren Häuser aus der Erde, am Zaun wirbt ein Unternehmen für »Sprengmittelentfernung«; ein anderes Stück Pferde- und Ziegenweide hat sich in einen Gebrauchtwagenhandel verwandelt, auf grauem Kies stehen zerbeulte und nicht zerbeulte Autos; und auf dem dritten Stück Unkraut wohnen schon seit einem Jahr bis in den fünften Stock hinauf Leute in Neubauwohnungen mit großen Fenstern.

Die Friedrichstraße war bis Kriegsende schmal und ist jetzt wieder schmal geworden, sie war dicht bebaut mit Geschäften und ist wieder dicht bebaut mit Geschäften, inzwischen soll man an der Ecke Friedrichstraße / Unter den Linden an genau der Stelle, wo einmal der Brunnen stand, Luxuslimousinen kaufen, damit die Ladenmiete wieder hereingebracht wird, vor dem Krieg waren Häuser aus Sandstein mit Säulen modern, und jetzt sind wieder Häuser aus Sandstein mit Säulen modern, es stellt sich also heraus, daß die Zeit der Leerstellen nur eine Pause war.

Ich habe einmal gehört, daß, wenn die Unordnung innerhalb eines Systems sich verringert, sie sich zwangsläufig in einem benachbarten System vergrößert. Und da die Unordnung ja nur an Stellen entstehen kann, die frei sind, würde mich interessieren, wie Leere aussieht, wenn sie wandert. Die Bewohner von Berlin-Mitte jedenfalls müssen jetzt sehen, wie sie damit, daß alles da ist und nichts fehlt, durchkommen. Und Morgenstern? Morgenstern hat vielleicht auch in Mitte gewohnt.

Es war einmal ein Lattenzaun, / mit Zwischenraum, hindurchzuschaun. / Ein Architekt, der dieses sah, / stand eines Abends plötzlich da – / und nahm den Zwischenraum heraus / und baute draus ein großes Haus. / Der Zaun indessen stand ganz dumm, / mit Latten ohne was herum. / Ein Anblick gräßlich und gemein. / Drum zog ihn der Senat auch ein. / Der Architekt jedoch entfloh / nach Afri- od- Ameriko.

XXV

Splitterbrötchen

Splitterbrötchen gibt es in Berlin-Mitte nur noch in zwei Bäckereien so, wie ich sie kenne. Ein dichter, fast zäher Kuchenbrötchenteig ohne Rosinen, die Form weder rund noch eckig, sondern zusammengestückelt, so als habe der Bäcker alle Teigstücke, die übrig waren, aneinandergeklebt und daraus irgend etwas Unebenes gebacken. Der Geschmack muß süß sein, aber nicht zu deutlich süß, außen sollte es knusprig sein und innen weich, ein Splitterbrötchen krümelt beinahe überhaupt nicht, es ist nicht sehr groß, und am besten schmeckt es einfach mit Butter. Das, was heutzutage in den meisten Bäckereien Splitterbrötchen genannt wird, ist jedoch ein Ding, das von außen etwa so aussieht wie ein Plunderstück, ein riesiges, eckiges Gebäck aus brüchigen Blätterteigschichten um viel Luft.

Und warum?

Weil es heute an den Schulen der Bäckerinnung so gelehrt wird.

Aha.

Ziehteig wird genommen, Fett eintouriert, Touren gemacht, 3 oder 5, je nachdem, wie man das möchte – das ist ja das Schöne am kreativen Bäckerberuf: Abwandlungen eben.

Jaja, aber mir geht es nicht um die Abwandlungen, sondern um das Grundsätzliche. Grundsätzlich ist das Splitterbrötchen von heute ein anderes als vor zwanzig Jahren.

Es war nie anders: Ziehteig wird genommen, Fett eintouriert, Touren – ...

Mit Fett hatte das nicht das geringste zu tun, ein Splitterbrötchen war süß, und – ...

Aber es schmeckt ja süß! Ob 3 Touren oder 5, von mir aus auch 1 oder 2, das macht natürlich jeder an– ...

Nein! Das ganze Brötchen sah anders aus, es war nicht geschichtet!

Doch, es war immer geschichtet, sonst würde es ja nicht Splitterbrötchen hei– ...

Splitterbrötchen heißt es, weil die Stücke Teig so aneinandergeklebt – ...

Nein, so heißt es wegen der Schichten! Zum Schluß mit dem Daumen ein Loch gemacht, damit Luft hineinfährt und dann – ...

Luft!?!

Zum erstenmal fällt mir auf, daß das Wort ›verschwinden‹ einen aktiven Kern hat, daß ein Täter in dem Wort steckt, der Dinge, die ich kenne und schätze, zum Verschwinden bringt: Vernichten, verwüsten, vermauern, verfluchen, veruntreuen, verjagen, verderben. Und der, der all das auf dem Gewissen hat, der hat auch mein Splitterbrötchen zum Verschwinden gebracht, der hat es verschwunden, der hat das, was ich gut kannte und gern gegesssen habe, aus allen Bäckereien ausgesperrt (nur aus zweien in Berlin-Mitte noch nicht), hat es hinausgetrieben und wartet jetzt, bis meine Erinnerung daran, wie ein Splitterbrötchen eigentlich schmecken und aussehen muß, VERblaßt und VERflogen ist. Auf der Schwelle seines Innungsbüros steht er, aber nicht, um an nichts zu denken, wie es einst die Bäckerlehrlinge machen mußten, um die Gesellenprüfung zu bestehen, sondern weil er die Tür versperrt, so daß mein Splitterbrötchen nie mehr zurückkann, und denkt bei sich: Wo der Wind es hingetragen – ja, das weiß kein Mensch zu sagen ...

XXVI

Kluge Kommentare

»Einmalig, dieser Beethoven!« ruft die Moderatorin nach dem Abspielen des soundsovielten Satzes der soundsovielten Sinfonie von Beethoven aus: »Einmalig, dieser Beethoven!« Neben Beethoven steht diese Moderatorin und schlägt ihm auf die Schulter, und der halb oder schon ganz taube Beethoven zuckt unter dem Schlag zusammen – das ist ja das Schöne am Radio, daß man all diese Dinge sehen kann. Deshalb sehe ich auch, wie das Konzert Nummer X von Tschaikowski und der Dirigent Sowieso »auf das und das Orchester treffen«, mit voller Wucht segeln sie heran, treffen gemeinsam auf das Orchester, besonders die Geigen und Kontrabässe in vorderster Front müssen dran glauben, daß es nur so kracht. Ein andermal haben die oder jene Philharmoniker unter einem »dynamischen Herbert von Karajan« gespielt, und ich sehe im Regal neben dem dynamischen Herbert von Karajan auch noch den lyrischen Herbert und den verhaltenen und den ergreifenden und wohl auch den einmaligen Herbert von Karajan wie Puppen nebeneinanderstehen – alles im Angebot. Ich höre und sehe Dinge, die früher im Radio nicht zu hören oder zu sehen waren. Je weniger Kenntnis vom Hörer vorausgesetzt werden kann oder will, desto näher sollen alle die rücken: Der Beethoven ist nicht nur mit der Moderatorin, sondern auch mit mir plötzlich auf Schulterhöhe, wo ich persönlich ihn gar nicht haben will. Nicht mehr nur Herbert von Karajan ist dynamisch, sondern auch der Text, der eine Brücke zu ihm hin bauen will, zur klassischen Musik, die vielleicht bald keiner mehr hören will, aber diese Brücke ist in Wahrheit ein schwankender Ponton, der Kommentar paddelt mit dem übertölpelten Hörer im Schlepptau der Musik hinterher, statt als Festland zurückzubleiben angesichts dieses oder jenes Meeres.

Letzter Gruß aus der Ferne der Jahrgänge, wo Abstand eine Frage der Höflichkeit war, bleibt das musikalische Sonntagsrätsel. Hier wird seit vierzig Jahren mit längst verloren geglaubter Unschuld nach Hildegard Knef, nach der Pizzicato-Polka oder nach Alexandre Dumas gefragt, hier gewährt der Sprecher durch sein Sprechen seinen Hörern Zeit, damit sie sich Stift und Zettel holen können, um die erratenen Buchstaben zu notieren, das sehe ich, so wie man im Radio eben alles deutlich sehen kann. Wir aber werden, wenn wir greis sind, und bis dahin ist es gar nicht mehr so lang, voll-

kommen mühelos mit der oder jener Internet-Suchma-
schine als Komponisten des Chores *Freude, schöner Göt-
terfunken* sofort den einmaligen Beethoven ausmachen
und damit alle Rätsel ein für alle Mal lösen.

XXVII

Beßre Welt

»Du holde Kunst, in wieviel grauen Stunden, / Wo mich des Lebens wilder Kreis umstrickt, / Hast du mein Herz zu warmer Lieb entzunden, / Hast mich in eine beßre Welt entrückt!« – heißt es in einem Lied von Schubert. Ich aber muß: Die Versicherung anrufen, zum Arzt, das Auto hat die rote Plakette, möchten Sie digitales Kabelfernsehen? Für das Kind unterschreiben, den Flug nach X buchen, welches Hotel, Sie haben doch einmal Lotto gespielt? Fotos für den Paß, die Einzugsermächtigung bitte schriftlich per Post oder per Fax, Pflanzen für den Balkon, Müll runter, Wäsche, Geschirrspüler, Kofferpacken. WORAN ARBEITEN SIE EIGENTLICH IM MOMENT? Hier ist die Telekom, es spricht Herr Müller. Buch im Buchladen abholen, Briefmarken kaufen und Heu für die Tiere, der Schlüssel wird abgeholt, das Kind beim Schwimmwettbewerb anmelden, das vergessene

Notizbuch im Café hinterlegen, Müll runter, Wäsche, Geschirrspüler, Kofferpacken. Wasser kaufen. Wo steht mein Auto? Wo ist der Wohnungsschlüssel geblieben? Warum gibt der Kassettenrecorder die Kassette nicht mehr heraus? Hepatitis A auffrischen, Termin beim Augenarzt machen, Termin beim Frauenarzt machen, Termin beim Kinderarzt machen. SIE SCHREIBEN SICHER SCHON WIEDER ETWAS NEUES? Kofferpacken. Welches Hotel? Wo ist die Sonnenbrille? Das Brot ist verschimmelt. Mein Auto hat die rote Plakette. Müll runter, Wäsche, Geschirrspüler, Kofferpacken. Blumenerde kaufen. Pflanzen. Der hat Geburtstag, die hat Geburtstag, die Rechnung bitte innerhalb von 7 Tagen, und ein Strafzettel für Falschparken, Sie können zu dem Vorwurf Stellung nehmen, wohin soll der Schulausflug gehen, Buch abholen, Fotos abholen, Wasser kaufen. ES GIBT DOCH SICHER BALD WIEDER ETWAS VON IHNEN ZU LESEN? Müll, Wäsche, Geschirr. Wer gießt die Blumen? Die Sommersachen aus dem Keller holen, den Schlüssel hinterlassen, Kofferpacken. Welche Stadt? Das Aufladegerät für das Handy vergessen. WISSEN SIE SCHON, WIE IHR NÄCHSTES BUCH HEISSEN WIRD? Warum zeigt die Videokamera das Bild während der Aufnahme nicht mehr an? Guten Abend, hier Müller, wir machen eine Umfrage. Tanken, ein Paket für Sie, die Bank anrufen, die Kinderfrau für Freitag bestellen, die Rechnung bezahlen, Glühbirne auswechseln, feuchte Handtücher aufhängen, den Flug buchen, hier unterschreiben, den Antrag schriftlich, warum klappert das Fahrrad, Briefmarken kaufen und Heu für die Tiere. WANN ERSCHEINT EIGENTLICH IHR NEUER ROMAN?

Mein neuer Roman, würde ich dann sagen, jaja, in dem stecke ich ja schon tief drin, in dem neuen Roman, Hals über Kopf, in der Arbeit, in der Arbeit an dem neuen Roman, meine ich. Denn was soll es anderes heißen, wenn des Lebens wilder Kreis mit zwei irregewordenen Rundstricknadeln um mich herum wirbelt, schon eine ganze Zeit um mich herum gewirbelt hat, mich schon fast ganz bestrickt hat, des Lebens wilder Kreis, was soll es denn anderes heißen, als daß der Moment der Entrückung in Wahrheit schon längst da ist, die Entrückung schon längst so tief in mir drinnen ist wie nur möglich.

XXVIII

Friedhofsbesuche

Meiner Großmutter ist einmal ein Erpel erschienen, der saß auf dem Grabstein ihres kurz zuvor verstorbenen Mannes und blickte sie an. In Gestalt dieses Erpels habe ihr Mann ihr noch einmal ein Zeichen seines Weiterlebens in anderer Gestalt geben wollen, davon sei und bleibe sie fest überzeugt, sagte sie uns jedesmal, wenn das Gespräch auf Mann, Tod oder Friedhof kam. Meine Mutter lächelte, mein Onkel lächelte, aber meine Großmutter beharrte auf ihrem Glauben an den Erpel. An vielen Sonntagen wurde ich auf diesen Friedhof mitgenommen, auf dem erst meine Urgroßmutter, dann besagter Mann meiner Großmutter und schließlich meine Großmutter selbst zu Grabe getragen wurde. Meine Großmutter kannte das Grab, das ihr eigenes werden würde, gut, bevor sie starb. Über Jahrzehnte hinweg deckte sie den kleinen Platz mit Tannengrün ab, wenn der Winter kam, setzte im Frühling Stiefmütterchen ein oder Begonien, stellte dann und wann frische Blumen in die grünen Plastikvasen. Über Jahrzehnte hinweg war sie eine von den vielen alten Frauen, wie man sie immer auf Friedhöfen sieht, mit der Gießkanne in der Hand, schwankend zwischen Wasserhahn und Grab hin- und hergehend, eine von den vielen, die die abgeblühten Stiefmütterchen samt Wurzelwerk in das Geviert für Kompost werfen, die am Totensonntag im Blumenladen am Eingang des Friedhofs ein Gesteck kaufen und das Grab für den Winter herrichten. Als Kind durfte ich den Weg vor dem Grab harken helfen, den Blumen frisches Wasser geben, Unkraut zupfen oder das Laub aus der kleinen Hecke sammeln, später trug ich die Gießkanne, noch später zwei Gießkannen auf einmal, besonders in heißen Sommern.

Daß Totensonntag ist, merke ich jetzt immer daran, daß der Flohmarkt vor meinem Haus ausfällt. Am Totensonntag fährt mein Onkel zum Friedhof. Niemand in der Familie käme auf die Idee, daß ich dafür zuständig sein könnte, das Grab meiner Urgroßmutter und meiner Großmutter für den Winter herzurichten, zyklisch dort Stiefmütterchen ein- oder auszugraben und im Hochsommer zu gießen. Für meinen Sohn gibt es Sonntage auf dem Kinderbauernhof, ganz in der Nähe des Friedhofs, aber als ich ihm einmal die Grabstelle zeigen will, verlaufe ich mich und kann sie nicht finden. Ein anderes Grab unserer Familie wird seit Jahren vom

Friedhofspersonal gepflegt, auch unter einer grünen Wiese liegt jemand von uns begraben, die Wiese war bald ausgebucht, denn das namenlose Zerfallen wird immer beliebter. Bei den noch Lebenden gibt es sogar Pläne für ein Verpusten über der Ostsee.

XXIX

Dinge

Auf jeder größeren Reise, die ich unternehme, verliere ich mindestens ein Tuch oder eine Mütze, manchmal auch eine Sonnenbrille oder eine Uhr. Bei Umzügen habe ich auch schon einiges eingebüßt: eine Leiste vom alten Bauernschrank, ein paar Rollos, und einmal sogar die Schreibmaschine, auf der ich meine ersten Texte geschrieben habe. Obgleich die Hotelzimmer, die ich verließ, überschaubar, die verlassenen Wohnungen eindeutig leer waren, fehlten die Dinge später dennoch, das Verschwinden passierte irgendwie, irgendwohin, im Niemandsland zwischen Abfahrt und Ankommen, es passierte so regelmäßig, daß ich schon beim Koffer- oder Kistenpacken damit zu rechnen begann, als handle es sich um ein Opfer, einen Preis, der von mir für die Veränderung der Lebensumstände zu zahlen und insofern bei aller Willkür dennoch angemessen war. Während meines Alltags aber wurden die Dinge niemals weniger, sondern immer mehr und mehr, die Stapel höher, die Mappen dicker, ich konnte mir vorstellen, daß ein Feuer ausbräche und ich meine Tagebücher, die Briefe und Fotoalben unter den Arm klemmen und aus dem Haus laufen würde, aber zum Glück brach kein Feuer aus.

Kürzlich war eine Russin bei mir zu Besuch, vor einem Jahr ist sie mit vier Kindern nach Deutschland übersiedelt. Ein Klavier, schön! sagt sie, als sie meine Wohnung betritt. Bücher, schön! Ein paar Schritte weiter zeigt sie auf ein paar Zeichnungen meines Sohnes, die an der Wand hängen und sagt: Schön! Setzt noch hinzu: Schön, wenn man so etwas hat. Ich verstehe zuerst nicht, was sie meint, sie habe doch selbst vier Kinder. Ja, sagt sie und lächelt, man kann nicht alles mitnehmen. Sicher, sicher, sage ich. Ja, sagt sie und lächelt immer noch, wir haben ein großes Lagerfeuer gemacht, haben uns alle drum herum gesetzt, dann Blatt um Blatt in die Hand genommen, haben alles noch einmal angeschaut und uns erinnert, wer das oder das gezeichnet hat, wie alt er oder sie damals war, haben uns ein letztes Mal gemeinsam daran erfreut und dann alles verbrannt. Es war ein schönes Lagerfeuer, wir haben gesungen. Ich sage jetzt nichts mehr. Man kann nicht alles mitnehmen, wiederholt sie und sagt lächelnd: Mit vier Kindern und zwei großen Koffern sind wir losgeflogen. Das war alles.

XXX

Jugend

Und die Arme kann ich nicht mehr so gut heben, sagt sie und schaut an sich entlang wie an etwas Fremdem. Sie sieht aus wie immer, ein wenig älter vielleicht als vor dreißig Jahren, aber auf keinen Fall wie eine alte Frau. Nächste Woche werde ich ja siebzig, sagt sie, und spricht mit der Stimme, die genauso klingt wie ihre Stimme vor dreißig Jahren. Nächste Woche fahre ich erst mal zur Kur an die Ostsee, sagt sie. Das wird bestimmt schön. »An die Ostsee« sagt sie, nicht anders, als sie es vor dreißig Jahren vielleicht zu einem Liebhaber gesagt hat.

Wo bleibt eigentlich die Zeit, habe ich einmal in den Briefen eines Mädchens gelesen, das im faschistischen Deutschland zwei Jahre von seinen Eltern getrennt leben mußte. Ein Jahr später war es tot, umgebracht von den Nazis. Wo bleibt eigentlich die Zeit?

Die Krankheiten, die uns zu befallen beginnen, erstaunen uns, sie setzen unsere Körper anders in Bewegung, als wir es wollen, sie verlangsamen, beschleunigen, sie stören das Metrum. Sie erstaunen uns. Die Jahre flecken unsere Haut, die eben noch die eines Kindes war, mit den braunen Flecken des Alters, sie lassen die kleine Schrift vor unseren Augen flimmern, sie erstaunen uns, und weil alles so langsam geht, verstehen wir nicht, wann der Übergang stattgefunden hat, langsam tragen die Jahre Haar um Haar die Jugend der Männer mit sich fort, falten die Haut der Frauen ganz allmählich, ganz sachte zusammen, und wir, wir stecken in der Haut, wir sehen mit den Augen, vor denen die kleine Schrift schon ins Unleserliche verschwommen ist, nur den eigenen Gedanken sehen wir das Alter nicht an und deshalb sind wir erstaunt, wenn die Jahre sich uns übergestreift haben, und denken, wir könnten eigentlich, wenn wir nur wollen, sie auch wieder abstreifen, deswegen schauen wir unsere Arme an wie etwas, das, je älter es wird, uns desto unbekannter erscheint, je mehr es mit seinem Schmerz und seinen Unmöglichkeiten uns zwingen will, seine Nähe zu wissen, uns desto ferner wird, deswegen sind wir erstaunt, wenn unsere eigene Müdigkeit uns ohnmächtig macht, und bei dem Gedanken daran, daß der Tod uns Freund um Freund näherkommt, würden wir am liebsten gar nicht mehr wissen, daß unser Leben oft länger reicht als unsere Fähigkeit, älter zu werden.

XXXI

Der Autor

Bestimmt haben auch Sie schon einmal von der Theorie gehört, daß der Autor verschw...

Inhalt

Penguin Random House Verlagsgruppe FSC® N001967

3. Auflage 2025
Copyright © der genehmigten Taschenbuchausgabe:
2025 by Penguin Verlag
in der Penguin Random House Verlagsgruppe GmbH,
Neumarkter Straße 28, 81673 München
produktsicherheit@penguinrandomhouse.de
(Vorstehende Angaben sind zugleich
Pflichtinformationen nach GPSR)

Copyright © der Originalausgabe: 2009
Verlag Kiepenheuer & Witsch GmbH & Co. KG, Köln
Erschienen bei Galiani, Berlin
Umschlaggestaltung: bürosüd, münchen
nach einer Gestaltung von semper smile, München von
Lisa Neuhalfen und Manja Hellpap
Druck und Bindung: GGP Media GmbH, Pößneck
Printed in Germany 2025
ISBN 978-3-328-11337-9
www.penguin-verlag.de

Jenny Erpenbeck

KAIROS.

ROMAN

Ausgezeichnet mit dem International Booker Prize 2024

»Eine der größten lebenden Erzählerinnen, die wir haben.« Andreas Platthaus, FAZ

Die neunzehnjährige Katharina und Hans, ein verheirateter Mann Mitte fünfzig, begegnen sich Ende der achtziger Jahre in Ostberlin, zufällig, und kommen für die nächsten Jahre nicht voneinander los. Vor dem Hintergrund der untergehenden DDR und des Umbruchs nach 1989 erzählt Jenny Erpenbeck in ihrer unverwechselbaren Sprache von den Abgründen des Glücks – vom Weg zweier Liebender im Grenzgebiet zwischen Wahrheit und Lüge, von Obsession und Gewalt, Hass und Hoffnung. Alles in ihrem Leben verwandelt sich noch in derselben Sekunde, in der es geschieht, in etwas Verlorenes. Die Grenze ist immer nur ein Augenblick.

PENGUIN VERLAG

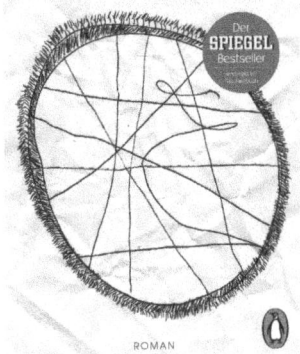

JENNY
ERPENBECK

GEHEN, GING, GEGANGEN

ROMAN

»Ein großer Wurf und
eine Besinnung auf
die Grundwerte der
Humanität.« NDR Bücherjournal

Entdeckungsreise zu einer Welt, die zum Schweigen verurteilt, aber mitten unter uns ist

Richard, emeritierter Professor, kommt durch die zufällige
Begegnung mit den Asylsuchenden auf dem Oranien-
platz auf die Idee, die Antworten auf seine Fragen dort
zu suchen, wo sonst niemand sie sucht: bei jenen jungen
Flüchtlingen aus Afrika, die in Berlin gestrandet und seit
Jahren zum Warten verurteilt sind. Und plötzlich schaut
diese Welt ihn an, den Bewohner des alten Europas, und
weiß womöglich besser als er selbst, wer er eigentlich ist.
Jenny Erpenbeck erzählt auf ihre unnachahmliche
Weise eine Geschichte vom Wegsehen und Hinsehen,
von Tod und Krieg, vom ewigen Warten und von all dem,
was unter der Oberfläche verborgen liegt.

PENGUIN VERLAG

Jenny
Erpenbeck
Aller Tage
Abend
Roman

»Ein politisch eindring-
licher, literarisch hoch
ambitionierter und tief
beeindruckender Roman.«
Deutschlandradio

Das Leben ist die Zeit, die dir bleibt

Jenny Erpenbeck nimmt uns mit auf ihrer Reise durch die
vielen Leben, die in einem Leben enthalten sein können.
Sie wirft einen scharfen Blick auf die Verzweigungen, an
denen sich Grundlegendes entscheidet. Die Hauptfigur
ihres Romans stirbt als Kind. Oder doch nicht? Stirbt als
Liebende. Oder doch nicht? Stirbt als Verratene. Als
Hochgeehrte. Als von allen Vergessene. Oder doch
nicht? Meisterhaft und lebendig erzählt Erpenbeck, wie
sich, was wir »Schicksal« nennen, als ein unfassbares
Zusammenspiel von Kultur- und Zeitgeschichte, von
familiären und persönlichen Verstrickungen erweist.

🐧 PENGUIN VERLAG